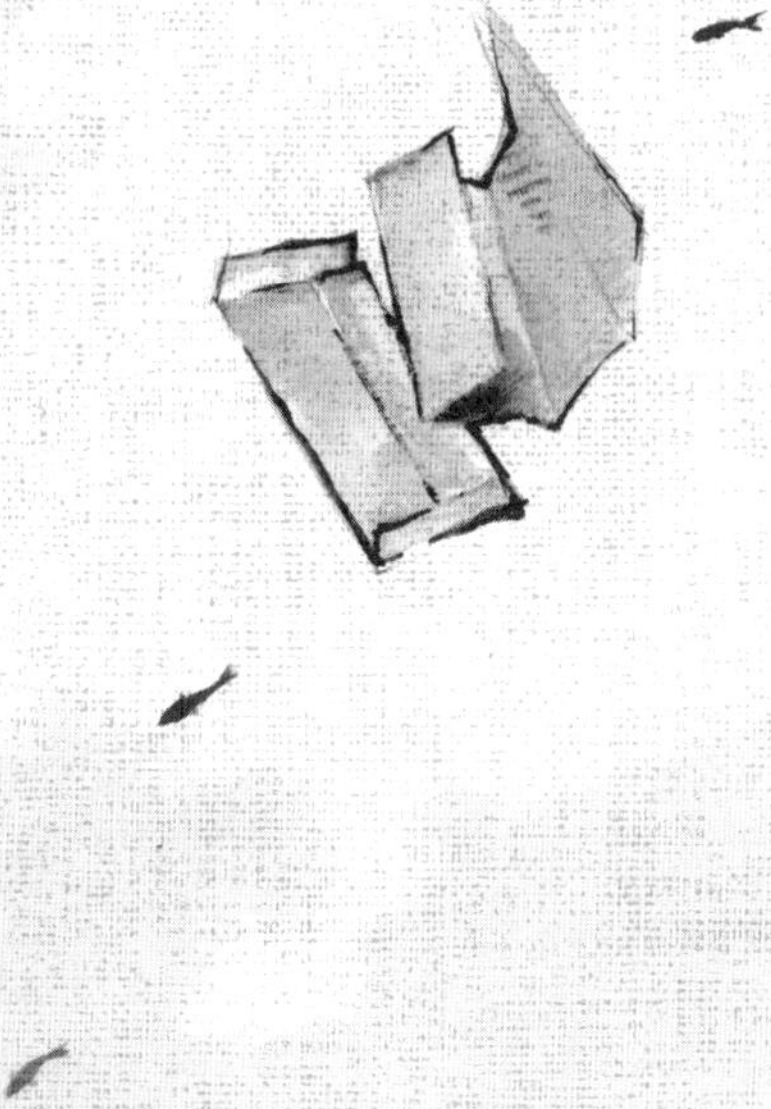

おはよう
おかえり

近藤史恵
Fumie Kondo

PHP

おはようおかえり　目次

装丁——長崎　綾（next door design）
装画——かんのひろみ

おはようおかえり

第一章

女が強い家系だと、よく言われた。

思い当たることばかりある。祖父は若くして死んだ。伯母たちはみんな強烈な性格をしているし、その配偶者はどちらかというと、大人しい男性ばかりだ。祖母の話によると、祖母のきょうだいも似たようなものだったらしい。

祖母は五人きょうだいで、男はひとり。兄は大人しい人だったが戦争中に身体を壊し、戦後まもなく命を落としたという。残りの女たちは、働いて結婚しても、定年まで仕事を続けていた。一番若くで亡くなった人も、八十五歳まで生きたし、まだ元気な人もいる。

祖母も、ほんの三年前まで、「凍滝《いてたき》」の店主だった。

八十になるまで働いて、突然、「もう嫌になった」と言って、家を出て、今は大阪市内のマンションで、悠々《ゆうゆう》とひとり暮らしをしている。

今は、母が「凍滝」の店主をやっている。

父は、製薬会社の営業として働いていて、今は東京に単身赴任している。

七十年前から営業を続けているといっても、和菓子屋としては特に老舗《しにせ》ではなく、有名店でもない。要するによくある田舎の和菓子屋だ。

この不景気で、いつまで店を続けていけるかどうかはわからない。祖母も母もそう言って、父が一緒に凍滝で働くことは望まなかった。

それでも。

わたしか妹のつぐみのどちらかは、凍滝を継ぐことになるのではないかとずっと思っていた。

最初は、姉だからわたしが継がなければならないのではないかと思っていた。つぐみは、中学生の頃から演劇部に入って「舞台俳優になる」なんて言っていたし、わたしは特にやりたいこともなかった。

つぐみには、その名の通り、つばさが生えているようだった。

興味の対象はころころ変わるし、やりたいこともどんどんあふれてくる。いくらでも夢が思い描ける。

大学もアラビア語学科に進み、エジプトに留学したいだの言って、母とよく喧嘩《けんか》をしている。

わたしには、特になにもない。

大学も結局、行くのをやめた。つぐみほど成績もよくなかったし、凍滝を継ぐのなら、大卒の経歴などもいらないだろう。母も無理に進学しろとは言わなかった。

ちょうどその頃、ベテランの従業員がひとりやめて、人手が足りなくなったこともあり、わたしは高校を卒業後、凍滝で働きはじめた。

つぐみの軽《かろ》やかさや、前向きなところがうらやましいと思わないわけではない。だが、仕方がない。わたしにはつばさがないだけのことだ。

小梅《こうめ》という自分の名前は、嫌いではない。けれど、梅の実はぽとんとその場に落ちて、そこから芽を出すしかないのだ。


兆候《ちょうこう》のようなものは、その少し前からあったのかもしれない。

つぐみは、毎日大学に行き、アルバイトをして、趣味の演劇をやって、毎晩遅くに帰ってくる。

わたしは、朝から開店準備をしなければならないから、夜は早く寝る。三日くらい顔を合わさないことなんてしょっちゅうだ。

祖母が一緒に暮らしていたときは、同じ部屋で、布団を並べて寝ていた。たった三年前のことだ。

祖母が引っ越して、つぐみが祖母の部屋に移った。同時につぐみは受験勉強のため、塾に通い始めて、その頃から一気に距離ができた。

仲は悪くなかったと思う。二歳違いで、しょっちゅう喧嘩もしたけど、常に一緒だった。

なのに、あまり顔を合わさなくなったことも、距離ができたことも、さほど寂しいとは思わなかった。

つぐみは、わたしより数倍しっかりしているし、心配するようなこともない。事実、国立の難関大学にもストレートで合格した。

わたしはわたしで、母や職人さんから、仕事を教わるので必死だったたし、高校生だったときと生活も変わってくたくただった。妹のことになんか、かまう余裕などなかった。

わたしがつぐみの変化に気づいたのは、五月のゴールデンウィークが終わった頃だった。

火曜日は凍滝の定休日で、わたしは午後から、映画に行こうと身支度《みじたく》をした。洗面所で日焼け止めクリームと口紅だけ塗り、帽子をかぶったときだった。

二階から、つぐみが降りてきた。どこか、うつろな顔をしているな、とは思った。

連休期間はつぐみの顔を見ることも普段よりは多かった。

つぐみがちらっとこちらを見た。

「どこ行くの？」

「うん、ちょっと」

隠すつもりがあったわけではない。ただ、映画を観に行くと言って、「なんの映画？」と聞かれるのも面倒くさい気がした。

そろそろ出発しないと、バスがきてしまう。

「ふうん……」

つぐみはなぜか、わたしの全身を上から下まで眺めた。

玄関でサンダルを履き、わたしはいつもの習慣で誰にともなく言った。

「いってきまーす」

「おはようおかえり」

つぐみがそう言った。

「え？」

聞き直したが、彼女は居間の畳の上に座り込んで、新聞を広げた。

変なことを言うな、とは思ったが、きっとどこかで流行っている言い回しなのだろう。引き戸を開けて、外に出ると、焦げそうな日差しが襲いかかってきて、わたしはすぐにつぐみのことばを忘れてしまった。


わたしとつぐみはよく似ているらしい。

親戚には子供の頃からよく間違われた。中学生の頃、身長が同じくらいになって、親にまで間違われるようになった。さすがに問題があると思って、わたしは髪を短く切ることにした。

「わたし、髪、切るから」

そう言うと、寝転んでマンガ雑誌を読んでいたつぐみがこちらをちらりと見たのを覚えている。

「ええんちゃう？」

本当は髪など切りたくなかった。ポニーテールは楽だし、自分に似合っていると思っていた。

そう思う気持ちは、喉元《のどもと》まで出かかったけれど、結局は呑《の》み込んだ。

つぐみはたぶん、髪を切らないだろう。休みの日は、器用にいろんなヘアアレンジを楽しんでいる。

だから、間違えられたくないのなら、わたしが髪を切るしかないのだ。

わたしたちは、よく似た姉妹だ。帽子をかぶっていたりすると、今でも間違えられることもある。

それでもなにかが根本的に違う。

親戚のおじさんが、容姿を褒めるのはいつも、つぐみだけで、彼氏がいるのもつぐみだけだった。

自分でもわかる。似てはいるけれど、鏡で見る自分の顔よりも、つぐみは可愛い。

パーツは似ていても、配置が違うと美のバランスは崩れるものだし、なによりつぐみは、よく笑って、人懐っこい。

わたしも、まったく他人とうまくやれないわけではないのだが、いつも心を開くタイミングがよくわからない。

会話のボールは、いつも目の前をころころと通り過ぎていく。追い掛けてつかまえても、すでにそのときには、空気の流れは変わってしまっている。

長男、長女は、試作品だ。誰かがそんなふうに言っていて、少しだけ納得した。

それでも試作品であろうと、ポンコツであろうと、与えられたものでやっていくしかないのだ。


夕方、客足も落ち着いて、ガラスケースに並ぶ商品も残り少なくなってきた。

まだレジを締めるのには早い。一日で、いちばん手の空《あ》く時間だ。

母の小枝《さえ》が二階から降りてきた。従業員の真柴《ましば》さんに言う。

「真柴さん、代わるからちょっと休憩したら？」

「え？　でも、あと一時間で閉店ですし……」

「でも、お昼、忙しかったから、少し早めに出てもらったでしょう。その分」

「そうですか。じゃあ」

真柴さんは、いそいそと店の裏にある休憩室へと向かった。小さな店だが、三階建ての鉄筋建築で、一階が店、二階と三階が菓子工房と倉庫になっている。

建てられたのは四十年以上前で、かなり古びてはいるが、阪神大震災も乗り越えた。

「あんたも座ったら？」

そう言われて、わたしはのれんひとつ挟んだ商品置き場に行き、椅子に座る。魔法瓶に入れてあるお茶を紙コップに注ぎ、昨日の売れ残りの六方焼《ろっぽうや》きをぱくりと口に入れる。

もう売り物にはならないものだが、充分美味《おい》しい。

店から、母の声が聞こえた。

「ねえ、最近、つぐみが変やと思わへん？」

「変？」

わたしは首を傾《かし》げる。去年はいきなり髪を真っ赤に染めたり、ピアスの穴を三つも開けたりしていたけれど、最近、なにか変なことはあっただろうか。

「変ってたとえば？」

「しゃべり方とか。なんかお年寄りみたいなしゃべり方をする」

「舞台で今度は老《ふ》け役でもやるんじゃないの……あ！」

頭に浮かんだのは、数日前のことだった。

「そういえば、この前、出かけるとき、変なこと言われたんだった」

母がのれんを上げて、こちらを見た。

「なんて？」

「えーと、たしか、『おかえり』って。出かけるときだったのに変だよね。その前にもなんか言ってた。それまでも話してたのに、いきなり『おはよう』って言ったり」

母はなぜか、妙な顔をした。

「それ、もしかして、『おはようおかえり』って言ったんじゃないの」

「え、なにそれ？」

はじめて聞くことばだった。

「『いってらっしゃい』ってことよ。おばあちゃんがときどき言ってたなあ」

「なんで、おはようとおかえりが、『いってらっしゃい』なの?」

「『おはようおかえり』。つまり、早く帰ってらっしゃいってこと」

「えー……なんかやだなあ。早く帰ってこいなんて」

自分の行動に干渉されたような気がしてしまう。

「それに、お祖母《ばあ》ちゃん、そんなこと言ってなかったと思うけど」

わたしはお茶を飲み終えると、紙コップを捨てて、店に戻った。

「あんたのお祖母ちゃんやないわよ。わたしのお祖母ちゃん。つまり、あんたにとってはひいお祖母ちゃん」

話には聞いたことがある。明治生まれで、戦後、夫と一緒に凍滝をはじめた。創業者というほど大げさな店ではないけれど、居間には曾祖父母《そうそふぼ》の写真が飾られている。

写真で見る曾祖母は、祖母よりも母に似ていた。五十代くらいの写真だからかもしれない。

「そうやねえ……」

母は少し考え込んだ。

「たぶん、昔は遅く帰ってくることに、いい理由なんてほとんどなかったんやないかなあ」

はっとした。

「今やったら、出かけたついでに映画観て、買い物して、ついでに友達に会っておしゃべりして、楽しすぎて遅くなってもうたってことはいくらでもあるけど、昔は、予想外の出来事があって、遅く帰るのは、たいてい、悪い理由やったんやろうね」

怪我《けが》をしたとか、途中で具合が悪くなったとか、事故に遭《あ》ったとか。

夜だって今よりも暗かっただろうし、交通の便だって、今より便利だったはずはない。

だから言ったのかもしれない。おはようおかえり、と。

でも、なぜ、つぐみがそんな古いことばを使うのだろうか。今の流行なのだろうか。

「わたしはお芝居の役やと思うわ」

わたしは姿勢を正して正面を向きながらそう言う。

「小梅、つぐみが今度、お芝居でどんな役をするか知ってる？」

「知らないけど……」

そういえば、最近本当に話をしていない。彼女は彼女で外の世界があって、そこで楽しく生きているのだとばかり思っていた。

「今度、ちょっと話してみるわ。お芝居の役作りだと思うけど」

そう言うと、母は少しほっとしたように笑った。

「頼むわ」


その日の夜、お風呂から出てくると、つぐみが居間のちゃぶ台で晩ご飯を食べていた。もうすぐ十一時で、眠くて仕方がなかったけれど、少し話してみることにする。

ちゃぶ台の上に並んでいるのは、三時間ほど前、わたしと母が一緒に食べたのと同じ料理だ。

鯖《さば》のパン粉焼き、ピーマンの塩昆布あえ、茄子《なす》の味噌汁。つぐみは毎日忙しいから一緒に食べない。食べるかどうかの連絡もしてこない。

母とわたしは、いつも三人分の夕食を作る。つぐみは食べたいときに、それを電子レンジであたためて食べる。夕食か、それとも翌日の朝か。少なくとも、翌日の夜にはいつも料理はなくなっている。食器も自分で洗っていく。

世話がかからないといえば、まあそうだ。

いつもはその横を通り過ぎて自分の部屋に行くのだが、わたしはあえて、つぐみの前に座った。

彼女は少し顔を上げた。目が驚いている。

「なに?」

「いや、遅いんやなと思って……」

「まあね、稽古《けいこ》が長引いてしまって……」

彼女はそう言いながら、鯖のパン粉焼きを頬張った。ふりかけをかけたごはんもぱくぱくと食べる。

「こんな時間に食べて、胃もたれしない?」

「小梅みたいに、早くは寝ないから」

「何時まで起きてるの？」

「二時か、三時くらいかな」

そういえば、一緒の部屋で寝ていたときも、つぐみは遅くまでネットサーフィンをしたり、タブレット端末で映画を観たりしていた。

「今度のお芝居、なにやるの？」

そう言うと、つぐみは箸を止めた。

「観に来てくれるの？　チケット買ってくれる？」

「行ける日程だったらね」

土日は店が忙しいから、昼間は出かけられない。高校の文化祭などでは観たことがあるが、大学に入ってから、つぐみのお芝居を観ていない。

「今回はねえ、忍者」

「忍者？」

忍者だったら、古いしゃべり方になっても不思議はないかもしれない。

ふいに、つぐみが箸を置いた。わたしの手首をつかむ。

「なに？」

「手相。見せて」

つぐみは、ときどきわたしの手相を見たがる。そんなに多くはない。半年、もしくは一年に一度くらい。

手相なんか見てなんになるのだろう、と、いつも思う。

「小梅、運命線濃いよね。掌《てのひら》を縦断《じゅうだん》している」

そう言って、彼女はわたしの掌を撫《な》でた。少しくすぐったい。

これもいつも言われることばだ。普段はそれほど占いに興味があるわけではないようなのに、いつもわたしの運命線のことだけ気にする。

「わたしなんか、運命線が存在しないのに……」

彼女は手を広げて、わたしの方に向けた。

たしかに彼女の掌の線はひどく薄い。2Hのえんぴつで描いた線みたいだ。わたしの掌には2Bのえんぴつで描かれたような太い線がある。

(これが生命線、頭脳線で、感情線、そしてこれが運命線)

そう教えてくれたのは、中学生の頃のつぐみだった。

なんとなく、話題を変えたくて言った。

「そういえば、中学生のとき、2Hのシャープペンシルの芯が流行らなかった?」

「そうやったっけ?」

つぐみはさらりと受け流した。二年違うと流行も違うのか、それともつぐみはそんなことを気にしなかっただけなのか。

あの頃、わたしと友達は、競って、薄く細い文字を書いた。太くて濃い文字を書くなんて、とてもみっともなく、恥ずかしいことのように思えた。

その熱狂のような流行は、三ヶ月ほどで終わりを告げた。薄くて細い文字を読むことに音を上げた教師たちにより、「シャープペンシルの芯はＨＢかＢを使うこと」と決められたのだ。

小さな自己表現すら、わたしたちには許されないのか。そう腹を立てたけれど、今になって思えば、なぜ、細くて薄い文字を書きたかったのか、少し不思議に思えてくる。

「お母さんの手相もこんなだよね」

つぐみはそう言いながら、自分の掌を撫でる。

「海外旅行にも行かず、母親から受け継いだ店を守って、サラリーマンと結婚して」

母が聞いていないか、少し不安になりながら、声をひそめる。

「でも、大きな病気もせずに、元気だし、お父さんは優しい方だと思うし……」

たぶん、一緒に暮らしていたときは、もう少しシニカルに父のことを見ていた。今は離れて住んでいるから、父のいいところが前よりもわかる。

「まあ、優しくないとは言わないけどさ……」

不満げに言うつぐみに、胸がきゅっと痛くなる。

つぐみは母のように生きたくないと思っている。たぶん、わたしは母と同じように生きるのだと思っている。

「ひいお祖母ちゃんの運命線は濃かったって」

つぐみは自分の掌を見ながら、そう言った。

「誰が言ったの？」

「お祖母ちゃん」

なにかをはじめるのにはエネルギーがいるのだと思うけれど、それでも和菓子屋として働いているという点で、曾祖母の人生と母の人生に大きな違いがあるとは思えない。

そう言うと、つぐみは目を細めた。これは、「わかってないなあ」の顔だ。

「自分でやりたい仕事をはじめるのと、親から受け継いだ仕事をするのと、全然違うやん」

ちくりちくりと小さな針がわたしの心を刺す。

つぐみがなにを言おうと、わたしには関係ないと思えたらいいのに。

わたしは話を変えた。

「お母さん、まだ許してくれないの？　留学のこと」

父はわたしたちのすることに反対するような人ではないから、問題は母だ。

つぐみはまた箸を持って、食事をはじめた。

「そう。やになっちゃうよね。イスラム圏は怖いから駄目だってさ。偏見まみれ」

大学のアラビア語科に行くときも、一問着《ひともんちゃく》あったような気がする。英語科や中国語科にも行けたのに、つぐみはアラビア語を選んだ。

正直、わたしもつぐみがそんな遠い国の文化に興味を持っていなければ、ペルシャとアラブの違いすらわからずに生きてきたように思う。

今は少しだけ違いがわかる。あくまでも少しだけ。

「でも、行く。わたしは絶対に行く」

わたしはちゃぶ台に肘《ひじ》をついて、つぐみを見た。

「応援するよ」

つぐみは、はにかんだように笑った。


凍滝は小さな店だから、それほどたくさんの商品を作るわけではない。

ショーケースに並ぶのは、せいぜい六種類から八種類。

大福、六方焼き、きんつばは定番商品で、季節によって、桜餅や柏餅、栗饅頭《くりまんじゅう》などがお目見えする。月替わりの美しいねりきりは二種類。これは、予約や特別注文があったときには、種類が増えることもある。

お菓子を作るのは、ベテラン職人の尾形《おがた》さんと母だ。三年前までは、祖母が中心になって、作っていた。母も二十年以上続けてはいるが、いまだに祖母のようにはできないと言っている。

わたしも尾形さんからいろいろ教わってはいる。

餅米を蒸したり、あんこを煮たりするのには慣れて、最近、ようやく六方焼きを焼けるようになった。

とはいえ、見た目も美しいねりきりを作るのはなかなか難しい。店に並ぶのは、五十年、職人として働いている尾形さんが作ったものだけだ。

難しいといえば、きんつばもそうだ。寒天で固めた粒あんに、薄い衣をつけて焼く。わたしが焼くと、いつも衣が分厚くなってしまう。

尾形さんと母は、薄い衣をまとったきんつばを作ることができる。

六方焼きは衣が分厚くても美味しいし、むしろあまり薄いとバランスが悪い。

だが、きんつばは粒あんが透《す》けるほど薄くなければならない。わたしにはまだ作れない。

わたしはむしろ、早くねりきりが作りたい。

夏はあじさいや水に透ける金魚、冬は梅や南天、春は桃や桜。季節感のあふれる美しいねりきりや、きんとんをデザインして、作ってみたい。

母は、美しい和菓子を作ることにはまったく興味がないらしく、「小梅に任せた」などとよく言っている。

尾形さんも七十になる男性だから、いつまで働けるかわからない。わたしも尾形さんと同じようにねりきりを丸めたり、花の形を作ってみたりはしているが、店に出せるようなものを作るのは簡単ではない。

ときどき、スケッチブックに、作りたいねりきりの絵を描いてみる。

色鉛筆で色を塗り、味をイメージしてみる。これを自分の手で作れるようになるのは、どれほど先のことだろうか。

ちょうど起きようとしたときだった。

ドン、と下から突き上げるような揺れがあった。地震だ、と思った。

布団の中で息をひそめていると、とたんに激しく揺さぶられた。

わあっと声が出た。布団から飛び起き、階段を一階まで駆け下りる。

母もパジャマのまま、居間で棒立ちになっていた。

とりあえず、揺れは収まっているようだった。

「びっくりした……阪神大震災を思い出した……」

母が胸をなで下ろす。

居間に置いてあるコートハンガーが倒れていて、箪笥《たんす》の上に飾ってあったぬいぐるみが落ちている。

わたしは阪神大震災のときには、まだ生まれていない。思い出すのは東日本大震災だ。大阪の揺れはそれほど大きくはなかったのに。

母がテレビをつけて、前に座った。地震のニュースがはじまっていた。

震源地は、北大阪《きたおおさか》。うちの近所だ。

わたしは、おそるおそる台所に向かった。幸い、調味料の瓶が倒れているくらいで、食器棚は無事だった。

なにかが割れたりしたような様子もない。

母の声がした。

「ねえ、ちょっと。つぐみはどうしてる？」

まだ朝の六時。普通なら寝ているはずだが、さすがにあんな揺れで起きてこないのはおかしい。

「ちょっと見てくるわ」

わたしはつぐみがいるはずの、奥の襖《ふすま》を開けた。

目に入ったのは、敷きっぱなしの布団だった。タオルケットがぐしゃぐしゃになっているから、寝た気配はある。

「もう出かけたみたい」

「え。もう？」

大学はバスで二十分くらいだから、それほど早起きする必要はない。演劇の方で、朝の稽古でもするのだろうか。

揺れは大きかったが、ニュースを聞く限り、被害はさほど大きいわけではなさそうだ。

「外にいるなら大丈夫やろうね……」

母は自分に言い聞かせるようにつぶやいた。わたしは部屋に携帯電話を取りに行き、つぐみの携帯にかけてみた。同時に、つぐみの部屋からバイブ音が聞こえてくる。どうやら、携帯電話を忘れて出かけたらしい。こんなときにタイミングが悪い。

母の携帯にも電話がかかってきた。

「あ、お父さん。うん、わたしと小梅は大丈夫。つぐみはもう出かけたらしいんやけど、たぶん大丈夫やと思うわ……」

母の声を聞きながら、窓を開ける。隣の家の瓦が崩れていた。

電話を切ると、母が立ち上がった。

「店に行くわ」

「わたしも行く」

店は鉄筋だから、木造の自宅よりは強いと思うが、それでも築四十年以上だからなにがあるかわからない。

バスも電車も止まっているが、店は自宅から歩いて五分くらいのところにある。急いで着替えて、化粧もしないまま、店に向かった。この様子では今日は、店を開けられないかもしれない。

店に向かう途中も、塀が倒れた家や、瓦がずれた家を見かけた。我が家の被害が軽く済んだのは、単に運が良かっただけのようだ。

店の建物も、大きく崩れたり、ヒビが入ったりしている様子はない。とはいえ、配水管などのことも心配だ。

通用口の鍵穴に鍵を差した母が妙な顔をした。

「開いてる……」

「ええっ?」

昨夜は間違いなく、鍵をかけて帰ったはずだ。

「もしかして、尾形さんが来てるとか……？」

尾形さんも店の近くに住んでいるが、うちよりは遠いはずだ。

警備会社と契約しているからピッキングなどがあったら、すぐに警備会社が駆けつけるはずだ。

わたしたちは、ドアを開けて、中をうかがった。二階に灯りがついているのが見えた。

「やっぱり尾形さんじゃない？」

泥棒なら、レジなどがある一階を狙うだろう。とはいえ、店を閉めた後、売り上げは銀行の夜間金庫に納めるから、店にはあまり現金を置いていない。

二階に向かう階段を上がる。エレベーターもあるのだが、まだ余震が続いているから、あまり使いたくはない。

二階をのぞいて驚いた。そこにいるのはつぐみだった。

自宅には予備の鍵を置いてあるから、それで勝手に入ったのだろうか。

彼女はきんつばを焼く鉄板の前に立っていた。その横には、昨日仕込んだきんつばのあんがバットの上に並べられている。

「つぐみ？」

声をかけたが、彼女は返事をしない。掌で、鉄板の温度を確かめる。

四角くカットされたあんの一面に衣を付けて、鉄板の上に並べていく。七個並べ終わると最初の一個の別の面に衣を付けて、また並べていく。

わたしは息を呑んだ。

あきらかに、作り慣れているとしか思えない手際のよさだった。七個のきんつばのすべての面に衣を焼き付けると、次の七個を同じように鉄板に並べていく。場所を少しずつずらしていくのは、鉄板の温度が変わるからだ。一度焼いた場所は温度が下がる。だから焼いていない場所にのせていく。

尾形さんと同じくらい手際がいい。だが、尾形さんの焼き方とは少し違う。尾形さんはいつも十個ずつ焼いていた。

わたしの後ろで、母がかすれた声で言った。

「おばあ……ちゃん……？」

それと同時に、わたしは気づいた。つぐみの掌には、太く濃い運命線が走っていた。

第二章

つぐみは二時間くらい働くと、休憩室の座敷《ざしき》で、ごろんと横になってしまった。

母が出してきた毛布をかけ、二つ折りにした座布団を枕に深い寝息を立てている。

普段のつぐみの寝相とはまったく違う。

つぐみはいつも、横を向いて身体を曲げ、胎児のような格好で眠っていた。毛布やタオルケットを身体に引き寄せ、夏でもそれにくるまっていた。

今、目の前のつぐみは大の字になり、お腹の部分にだけ毛布をかけている。

三年間、同じ部屋で寝ていないのだから、その間に寝相が変わった可能性だってあるけれど、寝相なんて、自分の意思でいちばん変えられないものではないのだろうか。

いや、なにより先ほどの働き方が、つぐみの動きではありえなかった。

彼女は、工房で作業したこともないし、普段、家の台所に立つこともほとんどない。お米を研いだり、野菜を炒めたりするくらいならできるはずだが、料理が上手とはお世辞にも言えない。

それなのに、わたしよりも手早く、上手にきんつばを焼いた。

あまりに手際がいいので、用意したあんがすべてなくなってしまったほどだ。

母が作業をするつぐみに、おずおずと言った。

「あの……今日はまだお店を開けられるかどうかわからないから、あまり焼かないで……」

「なんで開けへんの？」

つぐみの普段の話し方とは違う、強い大阪弁のアクセント。

「地震があったので……」

母の話し方もなにかおかしい。目の前にいるのが娘ではないみたいだ。

店内も工房も停電もしていないし、ガス漏れもしていない。だが、銀行が開かないから、おつりの用意ができない。

「なに言うてんのん。そういうときほど、甘いもんが欲しなるもんやないの」

つぐみはきっぱりそう言い切った。

「そうかもしれないけれど、銀行が開かないからおつりもないし……」

「うちは一個から売ってるんやから、おつりが必要ないぶんだけ買ってもらったらええやないの。ちょっとくらい端数《はすう》はおまけしてもええんやし」

それだと、売り上げの計上がややこしくなる。そう思ったとき、わたしの頭にひとつの案が浮かんだ。

「千円で詰め合わせ作ったら？　そっちが得になるように詰め合わせたら、そっちを買う人が多くなるかも」

「あ、そうね。そうしよう」

母が賛成したのに、つぐみが目を丸くする。

「千円は高すぎるわ。せいぜい、五百円か三百円やろ」

背筋がぞわっとする。本当にここにいるのは、誰なのだろう。つぐみがわたしたちを担《かつ》いでいるのでは、と思いたいが、運命線の説明はつかない。

母がつぶやいたように、ここにいるのは本当に曾祖母なのだろうか。

なにかを思い出したように、つぐみは工房の冷蔵庫まで走って行った。冷蔵庫を開けて、なにかを探す。

「芋あんは？　まだ作ってへんの？」

「芋あん？」

凍滝《いてたき》には芋あんを使ったお菓子などない。使うのは、小豆《あずき》あんと、白隠元《しろいんげん》の白あんだ。

彼女は腰に手を当てて、わたしと母を睨《ね》めつけた。

「芋あんのきんつばは、うちの看板商品やないの」

そんなのははじめて聞いた。

「芋は？　買《こ》うてあるんでしょ。これから煮るわ」

そういう彼女に、母はぎこちない笑いを浮かべながら言った。

「いや……今は切らしてまして」

とうとう敬語になってしまった。

「じゃあ買ってくるわ」

そう言って、白衣を脱ごうとするつぐみを母が止めた。

「今日は地震の影響で、店は開いてないかと……」

「ほんま？　ほな、今日は芋あんのきんつばは店に並べられへんの？　いややわ。楽しみに待ってくれてる人がぎょうさんいはるのに……」

母は笑顔を顔に貼り付けたまま言った。

「大丈夫です。明日、芋を仕入れて作りますから」

「ほんま？　ほな、頼むわ。清実《きよみ》」

つぐみは、母に向かってそう言った。わたしは息を呑む。清実というのは、祖母の名前だ。

つぐみはぐうっと腰を伸ばした。

「ああ、なんかもう疲れたわ。歳やねえ……」

わたしは思い切って、口を開いた。

「疲れたなら、少し休んでは……？」

彼女はわたしの顔をちらりと見た。馴染みはないが、警戒もしていない、そんな顔で大きく伸びをする。

「そうやねえ。少し休もうかしら」

母がそれを聞いて、大きく頷《うなず》いた。

「そうしましょう。休憩室を使ってください」

余震は先ほどから、ひっきりなしに続いているが、そもそもこのつぐみにそっくりだけど、別人のように見える人は、まったく気にしていない。

彼女は階段を降りて休憩室の引き戸を開けると、躊躇《ちゅうちょ》なく座敷に上がって、ごろりと横になった。

そして、そのまま寝息を立て始めた。


きんつばと六方焼きを千円分箱に詰めて、わたしと母は店を開けた。

尾形さんは、自宅に被害があったということだし、真柴さんはバスが動いていなくて出勤できない。

わたしと母だけで、頑張るしかない。まあ、きんつばと六方焼きだけは充分あるから、今日は工房の作業は中止にして、接客だけをすればいい。

幸い、明日は定休日だから下ごしらえの必要もない。

余震が続く中、どれだけお客さんがきてくれるか心配だったが、店を開けると、ひっきりなしに来店があった。

千円の詰め合わせが飛ぶように売れていく。いつもよりも、売れ行きがいいくらいだ。

「本当に、ここが開いててよかったわあ……」

馴染みのお客さんが詰め合わせを二箱買って、そう言った。

スーパーも休業。開いているコンビニも品揃えが乏《とぼ》しく、欲しいものが買えなかったらしい。

「こういうとき、いつもの和菓子が食べられると、ちょっと緊張がほぐれるしね」

彼女の言う通りだ。甘いものには力がある。

午後三時までには、すべての商品が売り切れてしまった。こんなことはひさしぶりだ。

店のシャッターを閉めてから、母が言った。

「わたし、水曜日の分、作業を進めておくから、あんた、つぐみを起こして、もう帰りなさい」

「手伝うよ」

「ひとりで大丈夫。適当にやって途中で帰るから。それより、つぐみのことが心配やから様子見てあげて」

たしかに下ごしらえはわたしがやるよりも、母がやった方がずっと早いし、わたしはまだ指示通りにやることしかできない。母なら、どの作業を今日済ませて、どの作業を水曜日に回すか、自分で判断できる。

「今日は余震が怖いから、晩ご飯は大したことしなくてええわ。トマトときゅうりはあるから、あとはそうめんでも茹《ゆ》でよう」

わたしは頷いた。

おそるおそる休憩室の引き戸を開ける。つぐみはまだそこで眠っていた。

横を向いて、身体を丸めた、胎児のような姿勢で。

それを見た瞬間、身体の力が抜けた。靴を脱ぎ、座敷に上がって、つぐみの左手を見る。

細いきれぎれの手相。運命線らしきものは見えない。右手も見るが、同じだ。

大きく息を吐いた。

つぐみはぱちりと目を開いた。

「なに？」

少し面倒くさそうな声。それだけでわかる。いつものつぐみだ。

「おかあさん、つぐみが戻った！」

母が座敷に駆け寄ってくる。

「つぐみ！　あんたつぐみなの！」

「なによ……」

母に抱きしめられて、つぐみはまんまるの目になった。

「ちょ……どういうこと？」

うっとうしそうに、母を押し返す。それからやっと気づいたように、あたりを見回した。

「……なんでわたし、店にいるの？」

それを聞きたいのはわたしたちだ。

瓦の落ちた家、崩れた塀。自転車やゴミ箱や看板はいくつも倒れている。店はほとんどが閉まっている。

「なにこれ……」

つぐみが吐息のような声でつぶやいた。

「今朝、大きな地震があったんだよ」

仕事の合間、ネットでニュースサイトを見た。決して大きな数字ではないが、死者と重傷者も出ている。電車はまだ止まっている。

過去に起こった大きな地震とくらべれば、被害は小さいと言えるかもしれないが、わたしが経験した中では、いちばん恐ろしい地震だった。

「覚えてない……」

「店に来たことも?」

「うん、全然。昨夜、布団で教科書読みながら寝落ちしたのは覚えているけど……」

「じゃあ、きんつばを作ったことも?」

「はあ?」

つぐみは怒ったような声になった。

「嘘《うそ》つかないでよ。わたしがきんつばなんか作れるわけないやん。作ったこともないし、どうやって作るかも知らんし」

わたしは子供の頃から、母や祖母や職人さんたちがお菓子を作るのを見るのが好きだった。

お店に連れてきてもらえるのが楽しみだった。

だが、つぐみは一緒にきても、休憩室で本を読んだり、絵を描いたりしているだけだった。

「上手だった。尾形さんよりも手際がよかったかも」

「そんなわけないやん！」

そう、わたしだってそう思う。そんなことできるはずはないのだ。きんつばをきれいに手早く焼くのが簡単でないことはわたし自身がいちばん知っている。

三つか四つだけなら、気をつけて時間をかけて焼けばいい。

だが、あんなにたくさん、一度に手際よく、迷いのない動きで焼けるはずはないのだ。

「動画撮っておけばよかった。そしたら、つぐみも信じたかも」

「もうやめてよ」

じゃあなんで、つぐみは今日のこと覚えてないの？

そう言いたかったが、わたしは言葉を呑み込んだ。

つぐみがいちばん混乱しているのだ。代わりに言った。

「お母さんは、ひいお祖母ちゃんが乗り移ってたみたいだって言ってたよ」

「はあ？　なにそれ！」

つぐみの声は一段と高くなる。

「アホらし。そんなことあるわけないやん」

実際に見ていなければ、わたしだってそう考える。

手相のこと、寝相のこと、母を祖母と間違えたこと、言いたいことはたくさんあるけれど、どれも本当に信じてもらえるか難しい。

鞄《かばん》の中で、携帯電話が鳴った。見れば、父からだ。

「お父さんからだ」

つぐみにそう言ってから電話に出る。父の声が聞こえてくる。

「小梅、つぐみの携帯電話に繋《つな》がらないんだが、どこにいるか知ってるか?」

「今、一緒にいるよ。携帯電話は家に忘れたみたい」

「そうか。よかった。いや、小梅はお母さんと一緒だと聞いたから、大丈夫だろうけど、つぐみがもう家を出たと言ったから、心配してたんだ。まだ電車も止まってるだろうし、どこにいるのかと……」

「うん、大丈夫だよ。替わる?」

わたしはつぐみに携帯電話を差し出した。彼女は渋い顔でそれを受ける。

「うん、うん、大丈夫。近くにいたから……うん」

父とつぐみが少しぎくしゃくしていることには気づいている。父はその分、つぐみを気にかけていて、つぐみはそれをよけいに面倒くさいと思っている。

ちょっと放っておけばいいのに、と父に関しては思うけれど、父はそれができない人だ。

心配事があれば、「大丈夫だ」ということばを聞くまで、それを気にかける。でも、そのせいで、大丈夫じゃなくても「大丈夫」と言わされている人がいることにはあまり気づかない。

それでも、誰かが心配事を抱えていたり、困っていることにすら気づかないよりは、ずっといいとわたしは思うのだが、つぐみはどうやらそう思ってはいないらしい。

「電話切る？　もっと話す？」

つぐみにそう聞かれたから、「切っていいよ」と答える。大学のことや留学のことなど、父に相談しなければならないことがたくさんあるつぐみと違い、わたしは雑談をするだけだ。

半人前でも、大人になるというのはそういうことかもしれない。

電話を切ってわたしに返すと、つぐみは声を上げた。

「あ、わたしコンビニ寄りたい」

コンビニの棚には、ごっそりと空間ができていた。雑誌や日用品はそのままだけれど、カップラーメンやレトルトカレー、菓子パンやおにぎりなどはほとんどない。飲み物も、水とお茶だけきれいになくなっている。

つぐみはなぜか泣きそうな顔になって、コーラと柿の種だけを買った。彼女は財布を持っていなかったから、わたしがお金を貸した。

テレビのニュースは、地震のことばかりをやっていた。

あちこちの被害や、地震当時の映像が繰り返し報道される中、明日朝から電車は復旧するという知らせもあって、その落差にひどく戸惑う。

まだ傷も癒《い》えないのに、強制的に日常に引き戻されていくようだ。

落ちた調味料や、棚のものを片付け、掃除機をかける。ときどき起こる余震には、身体が慣れていく。

携帯電話を見たつぐみが声を上げる。

「ヤバイ。アホほどメッセージが届いている……」

まあ、地震の後、連絡取れなくなってしまえば心配はするだろう。

彼女はしばらく黙って、返信を続けていた。ようやく終わったのか携帯電話をちゃぶ台の上に投げ出す。

「今日、衣装の打ち合わせの予定だったんだよね」

「忍者の？」

「お芝居の」

訂正された。

「もちろん、中止になったんだけど、その中止の知らせにわたしが返事しないから、家で箪笥に押し潰されて死んでるんじゃないかって話になってた」

つぐみは笑える話のつもりで言ってるのだろうが、今朝のあの揺れを経験していると縁起でもないと思えてくる。

つぐみはちゃぶ台の携帯電話を握りしめて、わたしの顔をのぞき込んだ。

「小梅、なんか怒ってる？」

「怒ってない。別に。でも、今日みたいなことがまたあったらどうしようと思ってる」

つぐみは少し笑った。

「わたしに、ひいお祖母ちゃんが乗り移るってこと？」

「それを信じなくてもいいけど、つぐみは今日のこと覚えてないし、地震があったことにも気づいてないし、なんでお店にきたのかも自分でわかんないんでしょ」

そう言うと、彼女の顔は強《こわ》ばった。

「自分でわかんないうちに、行動してるってことやん」

「お母さんと小梅が、わたしを車に乗せて、お店に連れて行ったとか……あるわけないか」

「なんのために？」

そう言うと、つぐみは畳の上に倒れ込んだ。

「わかんない」

だいたい、成人をひとり車に乗せて移動させるのは大変だ。途中で目を覚ます可能性だって高い。

つぐみは天井を眺めながら言った。

「きっと、疲れてたんだと思う。あんまりスケジュール詰めすぎないようにする。バイトのシフトも少し減らす」

それには賛成だが、疲れていたというだけでは、説明できないことだってたくさんあるのだ。

そう思いながら、わたしはその場の平穏のために言葉を呑み込む。

母が帰ってきたのは、七時前だった。

わたしは言われた通り、きゅうりとトマトを細かく切り、ツナ缶を開けて、ぶっかけそうめんを作った。

珍しく三人で食卓を囲んだ。つぐみは疲れたと言って、食事が終わるとさっさと風呂に入った。

わたしは声をひそめて母に尋ねた。

「ねえ、今日のつぐみ、ひいお祖母ちゃんに似てたの?」

母の顔が怖くなる。

「似てた……声も顔も似てないのに、本人かと思った。なんでだろう」

つぐみは演劇部だから、演技力があるのでは、とも思ったが、そもそもわたしたちは曾祖母の顔も話し方も知らない。母が中学生のとき亡くなったというのだから、当たり前だ。わたしたちは分子としてさえ存在していない。

「ねえ、芋あんのきんつばなんて、うちで作ってたの?」

「……覚えてない」

母が覚えてないことを、つぐみが知っているのだろうか。祖母に聞けば、わかるかもしれない。

「そういえば、お祖母ちゃんは大丈夫なの？」

震源地はうちの近くだから、大阪市内の祖母の家はそこまで被害がないはずだが、それでも電車が止まっているくらいなのだから、困ることもあるはずだ。

「うん、メールきてた。あっちは特に問題ないって。まあ、新しいマンションだし、うちよりは丈夫でしょ」

そう言われればたしかにそうだ。そう思いながら、忘れていたことに胸が痛くなる。

「明日には電車も動くんだよね。お祖母ちゃんに会いに行ってこようかな」

「そうしたら？　お祖母ちゃんところなら、わたしも心配ないし」

いちばん怖いのは、今朝の地震が本震ではなく前震で、もっと大きな地震がくることだが、まったく知らないところに行くのではない。また電車が止まるようなことがあったら祖母の家に泊まればいい。

「念のため、歩きやすい靴で行きなさい」

いざとなったら、大阪市内からここまで、二十キロ近くを歩いて帰ってこいというのだろうか。

勘弁して欲しいが、選択肢すらなくなるのが、災害というものなのだろう。

祖母の家は淡路《あわじ》という古い住宅街にある。

梅田《うめだ》から急行で十分もかからないし、商店街もあり、住みやすそうな街だ。好きな映画をしょっちゅう観に行きたいから、都心から近く、かかりつけの病院にも近い場所にと、この街を選んだという。

祖母が引っ越した当初は、友達と飲みに行ったり、カラオケに行ったりした後、泊めてもらえるんじゃないかと考えたりした。終電が三十分くらい、うちに帰るより遅いのだ。

だが、祖母はだいたい夜十時くらいに寝てしまうし、終電間近になってから「行ってもいい？」と連絡するのも迷惑だ。

結局、ときどき遊びに行くだけになってしまっている。

活気のある商店街をふらふらと歩き、祖母の家に着いた。

インターフォンを押して、オートロックを解除してもらう。

エレベーターで三階に行き、祖母の部屋のベルを鳴らした。

「はーい、今開けるわ」

祖母は、よく太ったトラ猫のコロッケを抱いて出てきた。

猫を飼うのも、祖母の昔からの夢だったという。うちも一軒家だから、飼えないわけではないが、家を空ける時間が長いから我慢していたらしい。

コロッケは、十五歳になるおじいさん猫だ。いつも日当たりのいい場所に置かれたベッドで寝ていて、祖母だけではなく、わたしが抱いても嫌がる様子もない。

まるで、この世界にはなにも怖いものなどないのだと知っているかのようで、コロッケに会うと、わたしまで頼もしいような気持ちになる。

コロッケは、保護猫で、前の飼い主さんが年を取って亡くなるのを看取《みと》ったのだという。祖母はいつも、「わたしとコロッケとどっちが早いかねえ」などと言っている。

もし、コロッケが残されたときは、わたしがコロッケの面倒を見る。それが祖母との約束だった。

「どうしたの、珍しい」

祖母は、紅茶と可愛らしいチョコレートケーキを皿にのせて出してくれた。

わたしはコロッケを膝にのせて、部屋を見回した。

ピンクの薔薇《ばら》が一輪挿《いちりんざ》しに飾られている。花柄のカーテンにソファカバー。ぬいぐるみや人形の並ぶ1LDK。

八十三歳のおばあさんがひとり暮らしをする部屋というイメージからは、少し遠い。

だが、ここは若くして夫を亡くし、ひとりで子供を三人育てて店を守った祖母が、やっと辿り着いた自分のためだけの部屋なのだ。

ごはんは、外に食べに行くことが多いと言っていた。この近くは美味しくて手頃な飲食店が多いらしい。

コロッケは、わたしの膝から降りて、のっそりと窓際のベッドに向かった。わたしは思い切って切り出した。

「お祖母ちゃん、ひいお祖母ちゃんのこと覚えている？」

「そりゃあ覚えているわよ。怖い人だったたし、よく怒られた。まあ、わたしにはまだ優しかった方かもしれへんけど。お姉ちゃんやお兄ちゃんはしょっちゅう物差しで叩《たた》かれてた」

今だと児童虐待と呼ばれるかもしれない。わたしもつぐみも、両親から手を上げられたことはないし、一度小学校教師にひっぱたかれたとき、両親は学校に抗議しに行った。

祖母は紅茶を飲みながら、遠い目をした。

「なんやろうねえ。お母さんには感謝してるし、嫌いだったわけやないけど、亡くなったときはちょっとほっとした。これは、あんたのお母さんには内緒ね」

祖母がそんなことを言いだしたことに、わたしは驚いた。

「どうして……？」

「さあ、なんでやろう。これで凍滝をいつ投げ出しても、誰かに怒られることはないと思ったし、あと、強くて怖くてしっかりしたお母さんが、なにもできなくなるところなんて見たくないと思ってたし……今思うと、ほんま自分でも勝手やと思うわ。自分だって、年取ったらなんにもできなくなるのにねえ」

祖母はまだひとり暮らしができているし、家もきれいに片付いている。インターネットをチェックして、いろんな映画の情報を集めて、おもしろそうな映画についてわたしに教えてくれる。

それでも、ひとつひとつ薄皮をめくるように、できないことが増えていくのかもしれない。

それをたしかに怖いと思うわたしがいる。

祖母の気持ちがわかると言っていいのか、悪いのかわからないまま、わたしは曖昧な笑みを浮かべる。

「いきなり、ひいお祖母ちゃんのことなんか聞いて、どうしたん?」

祖母にそう尋ねられてわたしは言った。

「あのね。凍滝は昔、芋あんのきんつばが名物だったって聞いたから、どんな味だったのかなと思って」

「芋あんのきんつば?」

祖母は怪訝《けげん》そうな顔になった。

少しだけほっとする。そんなもの作ってない方がいい。ひいお祖母ちゃんがつぐみに乗り移ったのではなく、単に芝居好きが高じて、妄想してしまったのならまだ受け入れられる。

そう思ったのに、祖母は、膝を叩いた。

「ああ、あった、あった。すっかり忘れてたわ」

本棚に行き、なにかを探し始める。

「お母さんはこだわってたんやけどね。わたしはあんまり好きやなかったわ。ちょっと田舎くさくてね。まあ、田舎の菓子屋やと言われたらそれまでやけどね。昔は、小豆あんを仕入れて、芋あんだけ作ってたのよ。それを母が死んでから、芋あんを作るのをやめて、小豆あんをうちで炊くことにした。小豆あんの方がいろんなものに使うし、それが美味しいかどうかはとても大事やから」

祖母の言うことには筋が通っている気がした。

小豆あんの中でもこしあんは手間がかかるから、粒あんだけを工房で炊いているが、やはり人気があるのは粒あんを使った和菓子だ。六方焼きもきんつばも、大福も、常連さんの中には「高級なお菓子屋さんより、ここのがいちばん美味しい」と言ってくれる人もいる。

もちろん、それは誰が食べてもそう感じるというよりも、その人がうちの味に馴染んでいることが大きいのだろう。

それでも、小豆はよいものを選んでいるし、どこに出しても恥ずかしくないとわたしは思っている。

「あったわ。これ。でも、ほんまに忘れてたわ。もう四十年以上前のことやからねえ」

出されたのは黄ばんだノートだった。少し右に傾いた文字で書かれているのは、芋あんのレシピだ。

材料はさつまいもと砂糖、そして水飴《みずあめ》。シンプルだが、さつまいもの種類によって、砂糖の量や茹でる時間などが細かく書かれている。

芋あんに愛情があることが伝わってくる。

「これ、写真撮ってもいい？　この通り作ってみたい」

そう言うと祖母は笑った。

「ノートごとあげるわ。わたしが持ってても意味ないし」

ノートをめくると、他のお菓子のレシピも書いてある。今の凍滝と変わらないものもあるし、まったく違うものもある。

「試してみるのはいいけど、芋あんは日持ちしないからね。添加物を入れないで作って販売するのはなかなか難しいと思うよ。冷凍すると味は落ちるし」

それも祖母が作るのをやめた理由なのだろう。小豆あんはまだ日持ちするし、煮返しても味が落ちにくい。うちでは冷凍はしていないが、冷凍しても味の劣化は少ない。

材料だって、さつまいもより小豆の方が長期保存できる。

「うん、ちょっと作ってみたいだけ」

わたしはそう言って、乾いた手触りのノートを抱きしめた。


しばらくはあまり変化はなかった。

余震は少しずつ収まったし、近所の家も修理されていった。

つぐみは、大学の試験も近いということで、アルバイトをやめた。学校と芝居の稽古で相変わらず忙しくはしているが、それでも家にいる時間は少し長くなった。

ときどき夕食を家で食べるし、部屋で勉強しているのをよく見かけるようになった。

六月が終わり、つぐみの試験もすべて終わったらしい。

夏休みという響きは、耳にするだけでうらやましい。お盆は、帰省のためのお菓子や、お盆のお供え物として売れるから、凍滝にはお盆休みすらないのだ。

お盆の前後、どこかで定休日を挟んで、三日ほど夏休みをとってもいいと言われているが、なにをしたいかも思い浮かばない。

友達とは休みの時期がずれるから、旅行にも行けない。つぐみみたいにひとりで旅行に行く勇気はない。

そんな七月初めの火曜日、昼近くになってつぐみがのっそり起きてきた。

「頭痛ーい」

ぼさぼさの髪を掻《か》き回しながら、そんなことを言う。

「昨夜、お酒でも飲んでたの？」

芝居の稽古はもう追い込みだと言うから、最近は特に帰りが遅い。

「飲まないよ……」

つぐみは、コーヒーメーカーに粉と水を入れて、スイッチを入れた。ちゃぶ台で本を読んでいるわたしの向かいに座る。

「なに、その本見せて」

わたしの手から本を奪った。ヨーロッパの陶磁器メーカーの写真集。美しく繊細な作りに惹《ひ》かれて、清水《きよみず》の舞台から飛び降りる気持ちで買った。

草花や動物などが、陶磁器で表現されている。美しいものを見ると、こんな和菓子を作ってみたいと思う。思うだけだけど。

「わ、三千五百円もするやん。たっか」

値段を見て、つぐみはそんなことを言う。

イスラム美術なども目を見張るくらい美しいものがあるから、つぐみがエジプトに留学することになったら、わたしも行ってみたい。ひとりで行くのは難しいけれど、彼女が向こうにいるならば、不安も和《やわ》らぐ。

「そういえばさあ……机の上に変な書き置きがあったんだよね」

「書き置き？　お母さんの？」

わたしとつぐみでなければ、母しかいないが、母はさっきおしゃれして買い物に行った。書き置きを残すような雰囲気ではなかった。

「お母さんの字じゃないんだよね。なんだろ。あれ」

「見せて！」

思わず声を出してしまった。つぐみは妙な顔をしたが、それでも自室に戻って、紙を取ってきた。

文字を見た瞬間にわたしは息を呑んだ。

右に傾いた文字は、あの芋あんのレシピと同じ筆跡だった。

「どうしてもやりたいこと」

そう書いた横に、縦書きで一から五までの数字があり、一のところにこうあった。

「お父ちゃんの浮気相手に会う」

第三章

わたしは気持ちを落ち着けて、つぐみに尋ねた。

「この紙、どこにあったの？」

「わたしの机の上。明け方、目が覚めたらあった」

紙はきれいな透かしの入った便箋《びんせん》だ。

「この便箋はつぐみの？」

「そう。引き出しにしまってたんだけど、起きたら机の上に出されてた」

つぐみは首を傾げて、便箋を自分の方に向けた。

「おかしいんだよね。けっこう奥にしまい込んでた便箋だし、さすがに誰かが引き出し開けたりしてたら、目が覚めると思うんだけど……」

つぐみ自身が書いたとしたら、なんの不思議もない。

「ねえ、お父ちゃんって、うちのお父さんのこと？　うちのお父さん、浮気してるの？」

いきなりそう尋ねられて、困惑する。

「知らないよ。でも、誰もお父さんのことを、お父ちゃんなんて呼ばないよね」

母もわたしも、つぐみも、父のことは「お父さん」と呼ぶし、祖母は名前で「俊《しゅん》さん」と呼ぶ。わたしたちに合わせて「お父さん」と呼ぶこともある。わたしが子供の頃は「パパ」と呼んでいたし、今でもつぐみはそう呼ぶこともある。

でも、「お父ちゃん」なんて呼び方は全然しっくりこない。まるで昭和の大阪が舞台のドラマみたいだ。

単身赴任の父とは月に一度くらいしか会えないし、もし誰かから「お父さんが浮気しているかも」と言われて、「絶対にそんなことはない」と答える自信はない。ただ「浮気をしそうな人だ」とは思わない。絶対と言い切るのは難しいというだけで、まあ八割くらいはそんなことはないだろうと思っている。

それにここに書かれている「お父ちゃん」はたぶん、父のことではない。

右に傾いた文字は、曾祖母の筆跡とまったく同じだ。曾祖母が「お父ちゃん」と呼ぶのは、彼女の父親か、もしくは彼女の夫、曾祖父のことだ。

つぐみは、わたしの顔をのぞき込んだ。

「お姉ちゃん、もしかして、この文字に見覚えがあるの?」

黙っていても仕方がない。わたしは、自分の部屋に行って、曾祖母のレシピノートを持ってきた。

「この字に似ている」

ノートを広げて、便箋と並べる。四の文字が完全に閉じていないところ、漢字のはねと払いがやたらに勢いがあるところなど、そっくりだ。

つぐみは怒ったような顔で、ノートと便箋を見比べた。

「このノート、誰の?」

わたしが答える前に、後を続ける。

「まさか、ひいお祖母ちゃんのだって言わないよね」

「言うよ。だってそうだもの」

「またはじまった。そんなの信じないから。小梅がそのノートの文字を練習して、真似たんでしょ」

そう言われて腹が立った。なぜ、わたしがそんなことをしなければならないのか。

「わたしが引き出しの奥の便箋探して、これ書くの? つぐみが寝てる横で?」

そんなことをしたら、目が覚めてしまうと言ったのはつぐみだ。

「わかんないけど、わたしの留守に取って、書いておいたかもしれない。置くだけなら、わたしが寝ててもできるやろうし」

古い日本家屋だから、部屋の仕切りは襖で、鍵などない。父はときどき、なにも言わずに襖を開けるときがあって、鍵が欲しいとずっと思っていた。最近は、一緒に住んでいないから、あまり関係ない。

もっとも、家に帰ってきたときも、部屋に入るときには声をかけるようになったから、やっとわたしたちが大人になったことに気づいたのかもしれない。

「なんのために、そんなことを？」

「知らんし」

強いことばが返ってきて、苛立《いらだ》ちが大きくなる。わたしはレシピノートを閉じて、畳から立ち上がった。

「いいよ、もう。じゃあ」

聞かれたから言っただけで、つぐみが信じたくないのなら、それでいい。わたしにはなんの影響もない。

つぐみが少し困った顔をしていることには気づいていたが、わざと無視した。

人のことを疑うような人間など知るものか。

和菓子屋の仕事がきついのかどうかはわからない。

朝は早いし、六方焼きやきんつばを焼く鉄板は熱い。業務用の餅米や小豆の袋は重く、母も何度かぎっくり腰になっている。立ちっぱなしはつらい。

だが、その日に作るお菓子の数は決まっている。ひなまつりや、お彼岸《ひがん》など、いつもよりお菓子が売れる日の前にはときどき残業もあるが、それでも夜遅くまで働きづめということはない。

普段は残業もそれほどないし、定休日の他に、交代で週休もある。今日は真柴さんがお休みだ。

友達から仕事の話を聞いていても、うちの仕事が特別きついようには感じない。通勤ラッシュでもみくちゃになることもない。

だが、それよりも、この仕事がそんなに大変ではないと感じるのは、わたしがただ、雇われる立場ではないからなのだろう。

叱られることがあっても母親からだし、よっぽどへまをしない限りはクビになることもない。つまりはぬるま湯のような状態だ。

母が引退して、わたしがこの店を続けるとしたら、どうなるのだろう。もちろん、わたしが店を継がなくてもいいのだが、尾形さんは高齢だし、真柴さんは販売のみのパートタイムだ。他に継げそうな人もいない。

その日の在庫も残り少なくなり、客足もまばらになった夕刻、わたしはぼんやりそんなことを考える。

自分が経営をまかされることを考えると、急に不安になる。今のままの営業を続けていっても、うまくいかなくなることはあるのではないだろうか。

凍滝《いてたき》の和菓子はだいたい当日が消費期限で、夕方になると買いにくる人は急激に減る。翌日、固くなってしまった大福はトースターや餅焼き網で焼いても美味しいし、六方焼きは翌日でも問題なく食べられるけれど、やはりお客さんには、作ったその日のいちばんおいしいところを食べてもらいたい。

母が二階から下りてきて、レジの売り上げを数え始める。もちろん、すべてを計上するのは店を閉めてからだが、これまでの分を数えておけば、閉店後の作業が少なくなる。これをするということは、工房の方の作業もだいたい終わったのだろう。

わたしは思い切って、尋ねた。

「ねえ、お母さん、ひいお祖父ちゃんの話って、お祖母ちゃんからよく聞いた？」

母が生まれる前に亡くなったということは知っている。だから、今家族で曾祖父のことを直接知っているのは、祖母だけだ。

「えっ……、そういえば、あんまり聞いてないなあ」

祖母にとっては父親に当たるのに、そんなものなのだろうか。

「凍滝を開業して、十年後くらいに亡くなったという話は聞いたかなあ。苦労して、ようやく凍滝が軌道に乗ったと思ったら、お父さんが急に亡くなって、銀行口座が凍結されて大変だったとか……」

「へえ……」

母は、急にレジを締めて、こちらを向いた。

「それで、つぐみはどうなの？　あれからあんなふうになったことあった？」

少し返事に困る。

「ない……けど」

こういうとき、母は敏感にわたしの逡巡《しゅんじゅん》を感じ取る。

「ないけど、なに？　他に変わったことがあったの？」

そう問い詰められてしまうと、白状するしかない。

「なんか、つぐみの部屋に、つぐみが書いた覚えのないメモ書きみたいなのがあったんだって、見せてもらったけど、その字が……」

「その字がどうしたの？」

「ひいお祖母ちゃんの書いた字にそっくりだった」

わたしは、祖母から、曾祖母の手書きレシピノートをもらったことを話した。

「そのノートはつぐみには見せてないのね」

「メモ書きを見た後に見せたよ。でも、その前には見せてない」

もちろん、曾祖母の筆跡が残るものは家にもあるはずだ。曾祖母は少しだけ、今の家に住んで、そして逝《い》った。

つぐみが、それを真似て書いたかもしれないという可能性はゼロではない。

でも、もしつぐみがわざと自分で書いたのなら、わたしに対してあんな絡み方はしないと思う。あれは、つぐみが混乱しているときの行動だ。わからないから、腹を立てるのだ。

母は眉間《みけん》に皺《しわ》を寄せたまま話し続けた。

「もし、またあんな感じになったらどうしようと思って、不安で仕方ない。あんなんで留学なんか行けるの？　もし留学先であんなふうになったら？」

わたしはあわてて言った。

「それ、絶対つぐみに直接言ったら駄目だからね！」

「どうして」

彼女は留学に行きたいと思っている。もし、自分でコントロールできないことで、その夢を阻《はば》まれるなら、家族に対する信頼も壊れてしまう。

「隠そうとしたり、なにか困ったことがあっても相談してくれなくなるやん」

「でも、病気かなにかだったらどうするの？」

それにしたって、彼女にそれを自覚してもらうためには、今留学のことを言うのはまずい。母がこれまで賛成していたのならともかく、反対のための理由を探してきたのだと思われる。

「もし、病気なら、病院に行ってもらうためにも、留学のことは言っちゃ駄目。あの子、意固地になるから」

母は、はーっとわざとらしく息を吐いた。

「なんで、あの子、あんなに頑固なんだろう」

わたしから見ると、母とつぐみは少し似ている。頑固で、自分の意思をはっきり持っている。いやなことはいやだと言うし、空気を読んで、ことばを呑み込んだりしない。

それなのに、なぜあまりうまくやれないのか。だからこそ、うまくやれないのか。どちらも愛情を持っていないわけでもないのに。

中学生の頃、つぐみと母の日の贈り物を探しに行ったことを思い出す。

わたしはカーネーションでも買って帰ればいいと思っていたのに、つぐみは絶対嫌だと言って、いくつも雑貨店をはしごした。

ようやく見つけたのは、ハワイアンキルトでできた眼鏡ケースだった。

母はいまだに、その眼鏡ケースを使い続けている。


お風呂に入り、眠る前に、曾祖母のレシピノートを広げる。

六方焼きやきんつばの作り方などは、今とほとんど変わらない。特別注文があるときだけ作る薯蕷《じょうよ》饅頭、お正月だけ作るはなびら餅なども、曾祖母の代から作られていたようだ。

椿《つばき》餅というのは、はじめて知った。レシピを読むと、道明寺《どうみょうじ》を椿の葉で挟んだもののようだ。桜餅の桜の葉を椿に変えたお菓子らしい。どんな香りがするのだろうと考える。

桜餅と呼ばれるものが、関西と関東で違うことを知ったのは、つい最近だ。子供の頃から道明寺の桜餅こそが桜餅で、日本中どこに行ってもそうだと思っていた。

小麦粉の皮でできた桜餅があるなんて、信じられなかった。そして、たぶん小麦粉の桜餅が当たり前だった土地では、道明寺を桜餅と呼ぶことに驚くのだろう。

「こなし」と呼ばれるお菓子のページには、たくさんの絵が描かれていた。白隠元《しろいんげん》のあんに餅粉や小麦粉を混ぜて蒸したお菓子で、ねりきりと同じように美しい細工を作ることができる。

真ん中に栗を埋めて、ほんの少しだけのぞかせた光琳菊《こうりんぎく》。シンプルすぎるほどの千鳥《ちどり》の形。赤と白の椿を模《も》したお菓子。

どれも、色鉛筆を使って、きれいに塗られている。曾祖母が描いたものなら、彼女はとても絵が上手い。

つぐみは絵が苦手だったことを思い出す。高校でも美術ではなく、音楽を選択していた。わたしは歌を歌うよりは、まだ絵を描く方が好きだ。

もし、つぐみがまた曾祖母のように振る舞ったとき、絵を描かせてみたらいいかもしれない。

もっとも、絵が描けなかったからといって、寝相や運命線の謎が解けるわけではない。

ページをめくると、丸い雀《すずめ》の絵が目に飛び込んできた。寒いのか羽を膨《ふく》らませ、つぶらな目でこちらを見る雀。横には、「ふくら雀」という文字が書かれている。

とても可愛らしい。デフォルメされた形なのに、ちゃんと雀に見える。

作ってみたいと思うけど、シンプルな分、難しそうだ。わたしが作ると、単に茶色い丸にしか見えないような気がする。

今度作ってみよう。「凍滝」で使っているのは、ねりきりだが、こなしと細工の仕方は変わらないはずだ。こなしの方が扱いが難しいと聞いたことはある。

他にも可愛らしいデザインはたくさんある。曾祖母は、細工菓子が好きだったのだろうか。

わたしはいちばん好きな雀の絵を、スマートフォンで撮影した。

その日は定休日で、わたしは午後から美容院に行き、ひとつ映画を観て帰ってきた。

母は友達と食事に行くと言っていたし、つぐみは舞台の稽古が大詰めだから、毎日帰りは遅い。

彼女の舞台は、今週の土日に迫っている。わたしも日曜日に休みをもらって観に行くことにした。

夕食は食べて帰るつもりだったが、なんとなく気乗りしなくて、そのままバスに乗った。

インスタントラーメンもあったし、冷凍庫には冷凍炒飯《チャーハン》もあるはずだ。宅配ピザを頼んでもいい。

家に帰りついて、鍵を開ける。

誰もいない家は、いつもと違う顔をしているような気がする。冷凍庫から出した炒飯をレンジで解凍し、なにか野菜を添えようと、トマトを切ってオリーブオイルで和《あ》えた。

トマトサラダを食卓に運ぼうとして、振り返ると、キッチンにつぐみが立っていた。

「わっ、びっくりした！」

つぐみは夢から覚めたばかりのような、どこかうつろな顔をしている。

「いたの？　今日は舞台の稽古はないの？」

返事はない。不思議に思いながら尋ねる。

「ごはんは？　食べるなら、まだ冷凍炒飯あったよ」

「いい……今はほしゅうない」

その声を聞いたとき、心がざわついた。つぐみではないような気がした。

咄嗟《とっさ》に手をつかんで、掌を見ていた。彼女は驚いたように手を振り払った。

「なにすんの！」

たしかに見た。掌の真ん中を濃い運命線が縦断していた。

「……つぐみ？」

彼女はきょとんとした顔でまばたきをした。

「あんた誰？　こないだ店の工房にいた子やねえ。住み込みの従業員か？」

強いイントネーションの大阪弁。つぐみはこんな話し方はしない。

おそるおそる、聞いたことのある曾祖母の名前を口に出す。

「榊《さかき》……さん？」

「なんやのん。変な子やねえ。名前で呼んだりして。店長と呼びなさい。店長と」

やはり、ここにいるのは曾祖母なのだ。

わたしの頭の中で、いろんな感情がぐるぐると渦を巻く。

なにから伝えていいのかわからない。今は二〇一八年なのだとか、あなたが入っているのは、曾孫《ひまご》の身体で、彼女は四日後に舞台の初日を迎える予定なのだとか、そんなあれこれが頭の中を飛び交った結果、わたしの口からはこんなことばが飛び出してきた。

「あの……ふくら雀のこなし、どんなふうに作るんですか？」

彼女は大きく目を見開いた。表情もどこかしら、つぐみとは違う。

「ふくら雀のこなし？　ああ、シゲハラさんのお茶会に合わせて作ったやつかいな」

シゲハラさんが誰かは知らない。わたしは自室に走って、レシピノートを持って戻った。

「これです！　これ！」

「ああ、これやね」

ページを広げると、彼女は満足そうに頷いた。

数日前、余ったねりきりを使って、同じようなものを作ってみたけれど、少しも可愛くならなかった。尾形さんにイラストを見せて、似たようなものを作ってもらったけど、それもあまり雀に見えない。

尾形さんは困ったように笑った。

「おれはあまり生き物は得意とちゃうなあ。花がええわ」

そう。尾形さんが作る花のねりきりはとても美しい。繊細な菊や、ぽってりした椿、紫のグラデーションのあじさいなどを、鋏《はさみ》やヘラ、指先などを使って生み出す。

曾祖母の描く、こなしのデザインは、尾形さんが作るものとはまったく違った。

シンプルなのに、どこかユーモラスだ。どこか隙があるようで、味わい深い姿をしている。

ひとことで言えば、とてもかわいい。見つけたら絶対に欲しくなる。

「口では説明でけへんわ。作ってみよか」

わたしはごくりと唾を飲み込んだ。

「今からですか？」

「明日でもええけど」

だが、明日になれば、曾祖母は消えてしまうかもしれない。

「これからお願いします」

なぜか自然に敬語になってしまっている。

彼女はちらりと台所に置かれた皿を見た。

「ごはん食べるんちゃうの？　ええの？」

「ごはんは後でいいです」

わたしたちは、夜の街をてくてくと店まで向かった。

自宅から店までの道は、街灯が少なくて、暗い。冬などは、いつも不安な気持ちで道を歩いていた。

だが、少なくとも今日は暗いことに感謝をせずにはいられない。

大きく変わった街の様子に、曾祖母が驚かずに済む。それでも、彼女は何度かつぶやいた。

「こんな店あった？」

そのたびにわたしは答える。

「最近できたんです」

彼女はそれで納得した。

曾祖母が亡くなったのは、今から四十三年前だ。たぶん、わたしの家の近辺は、その頃からさほど大きく変わっていないと思う。駅前の、店の近くは少し賑《にぎ》やかになったはずだが。

心不全だったと聞く。前日まで普通に働いていたのに、朝がきたら布団の上で冷たくなっていたらしい。

それが幸せな死に方なのかどうかは、わたしにはわからない。自分ならそんなふうに布団の上で眠るように死ぬのは悪くないような気がするけれど、家族ならば寂しいだろう。

もしかすると、祖母が元気なうちに引退を決めたのも、曾祖母のことが頭にあったからかもしれない。

店に到着して、鍵を開ける。彼女は当たり前のように二階に上がっていった。白衣を身につけ、水道できれいに手を洗う。

「こなしはある?」

そう尋ねられたから首を横に振る。

「ねりきりならあります」

白あんと、上新粉《じょうしんこ》や小麦粉はあるからこなし生地を作ることはできるが、今からだと時間がかかるだろう。

「なら、ねりきりでええわ」

わたしは冷蔵庫から、バットに入れたねりきりの残りを出す。彼女は、色素の入っている棚を開けて、カラメルと黒の色素を迷わずに取り出した。それを小皿に移して、少量の水で溶く。

手慣れた仕草。やはりどう考えても、つぐみ本人だとは思えない。

彼女は、少量のねりきりを指先で握った。そこにカラメルを加えて、濃い茶色にする。それを三つほど作ったあと、次は白いままのねりきりをきゅっと手で、丸く形作った。

そこに濃い茶色のねりきりを重ねて、ふたつを馴染ませていく。

あっという間に、彼女の手の中で、それは雀の形になった。

いちばん茶色が濃いのが頭、それから背中にかけて薄くなり、お腹は真っ白だ。後は、黒い色素で、目や顔の模様を描いてできあがり。

絵で見ても可愛らしいと思ったけど、できあがったものは想像以上に愛らしい。まるで魔法みたいだ。

ヘラも鋏も使わず、指先だけで茶色の濃淡を馴染ませて、雀の形に見せる。

彼女はふたつ目を作り始めた。一秒も見逃したくないから、目を見開いて凝視《ぎょうし》したのに、彼女の指がどんなふうに動いているのか、全然わからない。濃い茶色のねりきりと白いねりきりを合わせたと思ったら、少し指を動かすだけで雀の形になってしまう。

「写真撮っていいですか！」

「ええけど……」

わたしはできあがった雀にスマートフォンを向けた。

「なんやそれ。えらい小さいカメラやなあ」

雀のねりきりを、違う角度から何枚も撮影し、次に三個目の雀を作ろうとしている彼女の手元にカメラを向けて、今度は動画で撮影する。

両手を使って、まるで慈《いつく》しむように二色のねりきりを馴染ませている。

彼女が言った。

「可愛らしく、可愛らしく。そう心で念じるんよ」

可愛らしく。可愛らしく。そう繰り返されて、白あんに命が吹き込まれていく。

「どう？　わかった？」

そう尋ねられて、わたしは首を横に振る。動画は撮影したが、わかったとはとても言えない。

彼女は声を上げて豪快に笑った。

「まあええわ。また教えてあげるわ」

またの機会なんてあるのだろうか。むしろ、つぐみにとっては、「また」があっては困るのではないだろうか。

わたしは思いきって尋ねた。

「あの、お父ちゃんって……」

彼女は、不思議そうな顔でわたしを見る。

「お父ちゃんって誰のことですか」

「そんなんどこのお父ちゃんの話か聞かんとわからへんわ」

わたしは間髪《かんはつ》を入れずに言う。

「浮気をしていたというお父ちゃんのことです」

彼女の顔から、柔らかさが消えた。強い視線でわたしを睨《にら》み付ける。

「なんで……そんなこと知ってるの？」

「店長が、メモみたいなのに書いてました。『お父ちゃんの浮気相手に会う』って」

「わたしがそんなことを？」

「書いた覚えはないですか？」

彼女は首を横に振った。

「わからへんわ。でも、書いたかもしれへん」

「そのお父ちゃんって、店長のお父さんのこと……？」

そう言いかけると、遮《さえぎ》るように否定される。

「そんなわけないやん。わたしが子供のとき死んだ父親のことなんか知らんわ」

つまり、「お父ちゃん」は曾祖母の夫、わたしにとっての曾祖父のことだ。

彼女はパイプ椅子を引き寄せて、腰を下ろした。わたしにも座るように促《うなが》す。

「お父ちゃんな……十五年前に心筋梗塞で死んだんやけど、うちで死んだんと違うねん。もちろん、店や工房でもない。どこで死んだと思う」

問いかけられて、わたしは困惑する。曾祖母が家で亡くなったという話は聞いたけれど、曾祖父がどこで亡くなったかなんて知らない。

そもそも、母ですら生まれる前のことだ。

彼女は、わたしを見てにやっと笑った。

「浮気相手の家。警察から電話がかかってきて、それでわかってん」

わたしは息を呑んだ。

「初めて行った家でもなく、もう何年も通っていたんやて。それでまあ、結局遺体はうちに運ばれたんやけど、なんかお父ちゃんの兄弟たちがえらい剣幕《けんまく》で怒りまくって、恥をかかされたとか、おまえがいたらへんから、浮気なんかされるんやとか、まあ、わたしかて、黙ってるような人間やないから、『好きな人の家で死ねたんやから、禎文《さだふみ》さんも本望ちゃいますか』とか言うて、火に油を注いだりしてな」

胸がきゅっと痛む。ただでさえ、夫を失い、彼が浮気をしていたことを知らされるという二重の苦痛の後、まわりの人からおまえが悪いのだと責められる。想像するだけで耐えがたい。

「でもまあ、アホやなーと思ったわ。うちで死んだら、誰にも知られへんかったのに、女の家で死んだばっかりに、親戚全員に浮気してたこと知られるなんてなあ」

冗談めかして、そう笑ったが、それでもそのせいで曾祖母自身も責められることになった。

彼女はふうっと息を吐く。

「でもな。思い出してん。わたし、その前の日に、お父ちゃんに大事な手紙を渡したのに、遺品の中からそれが出てけえへんかってん。お父ちゃんが破って捨てたならええ。でも、もし、その女の人がそれを持ってるなら、返してほしい。それを思い出したら、いても立ってもいられへんようになって、あの手紙を取り返さないと……と思うてな」

わたしはどう言っていいのかわからない。

今は、曾祖母が死んでから四十三年も経っている。曾祖父の死からは、五十八年だ。その浮気相手の女性はもう亡くなっている確率が高い。もし、とても若い女性だったならば、まだ生きているかもしれないが、当時の手紙など残ってはいないだろう。

それをどう、彼女に伝えればいいのだろう。

そして、彼女が今十九歳の女の子の姿をしているということも。

なにより、彼女がずっと、つぐみの身体を独占していては困るのだ。

わたしは、パイプ椅子を引きずって、彼女に近づいた。

「あの……お願いがあるんですけど……」

「なんやのん」

「店長……榊さん……いえ、ひいお祖母ちゃんが、今使ってるのは、わたしの妹の身体なんです」

彼女は目をぱちくりさせて、「はあ？」と声を上げた。

気持ちはわかる。わたしだって、そんなことを言われたら、「はあ？」としか言いようがない。

「それでですね。妹は、ずっとお芝居をするために何ヶ月も稽古してきて、その本番が今週末なんです。ひいお祖母ちゃんがそこにいると困るんです」

彼女は、椅子の背もたれに身体を預けて、値踏《ねぶ》みするようにわたしを見た。

「じゃあ、あんたが、手紙を取り戻してくれる？」

無理だ。そう言いたかったが、そう言ってそのまま居座られても困る。

「努力はします。探してみます。でも、もう昔のことだからその人も亡くなっているかも……」

「亡くなってることがわかったらそれでええわ」

そう聞いて、少しほっとする。それなら、なんとかなるかもしれない。

彼女は大きく、あくびをした。

「なんや、安心したら眠なってきたわ……」

「寝るなら家に帰りましょう！」

そう言ったのに、彼女はそのまま休憩室に吸い込まれていった。

わたしはためいきをついて、ふくら雀のねりきりを手に取った。日持ちはしないから、明日には食べなければならないだろうが、それがもったいないほど可愛らしかった。

第四章

彼女は仰向けですうすうと寝息を立てている。

さすがに空腹で耐えられなかったので、自分が作ったねりきりを食べて、お茶を淹《い》れて飲んだ。彼女が作ったものは冷蔵庫にしまった。

彼女を置いていくわけにはいかないが、わたしも少し眠くなってしまった。

眠ろうとしたとき、携帯電話が鳴った。母からだ。

「あんた、どこにいるん？　つぐみもおらへんし！」

時計を見ると、十一時半だ。

「店にいる。つぐみも一緒だから、心配しないで。休憩室でつぐみが寝ちゃったから、わたしもちょっと寝てから帰る」

「お酒飲んでないんでしょ。店の車で帰ってきたら？」

店には配達や仕入れ用のミニバンがある。

「でも、今寝てもうたところだから……」

寝入りばなを起こすと、つぐみはいつも機嫌が悪くなる。

「そう？　迎えに行ってあげたいけど……」

「お酒飲んだんでしょ。大丈夫。朝までには帰るから」

さすがにわたしも、少し疲れてしまった。

「レンジの中に、炒飯があるからラップかけて、冷蔵庫にしまっておいて。あとトマト切ってそのままなのも」

「それはかまわないけど……」

母がなにか言いたげだ。たぶん、つぐみは今つぐみなのか聞きたいのだろう。それでもわたしはあえてそれを無視した。

説明するのが難しいし、この前とは違って、店に連れてきたのはわたしだ。なにより、母がまた心配して、留学を止めようと考えるかもしれない。

まあ、心配するのももっともなんだけれど。

「じゃあ、切るね。気にせず寝てていいから」

定休日明けだから、明日の朝は早い。

もうこのまま朝までここで寝てしまいたいが、さすがにシャワーは浴びる必要がある。一度は家に帰らなければならない。

電話を切ってつぐみの方を見ると、背中を丸めるようにして、眠っている。

わたしは近づいて、そっと彼女の掌を見た。薄い、運命線のない手相。肩の力が抜ける。

曾祖母はどこからきて、どこに帰っていくのだろう。

わたしはつぐみの隣に横たわった。

ふたりで寝るなんて、ずいぶんひさしぶりなのに、昨日まで一緒に寝ていたような気もする。

小さいときから、ずっと彼女の寝息を聞いてきた。だから彼女の寝息でこちらも眠くなってしまうのは、当たり前のことなのかもしれない。


わたしとつぐみは二歳違いだから、物心ついたときには、すでにつぐみがいた。

わたしが一人っ子だった時間なんて、わたしの人生の十分の一以下だし、記憶もほとんどない。

なんとなく覚えている、赤ちゃんの頃のつぐみは、横からきてわたしのおもちゃを取ったりする、少しうざったい存在だった。

両親や祖母にも可愛がられていて、疎《うと》ましいと思ったことだってある。もちろん、消えてなくなれ、なんて思ったことはないけれど。

お姉ちゃんだから我慢しなさいと言われて、頭が痛くなるほど泣いたこともあった。

いつからだろう。お姉ちゃんなんだから、と、言われなくなったのは。

小学校高学年の時には、もうつぐみの方が、何事にも要領が良かった。二年早く生まれた分なんて、持って生まれた資質の前ではないも同然なのだと知らされた。

軽《かろ》やかに歩く彼女の後ろを、わたしはいつも鈍《どん》くさく追い掛けていく。

それでも、彼女が踏んでいった道は少しだけ、わたしにとっても歩きやすくなっている。

お姉ちゃんであることを、少し息苦しく思っていた。

でも、中学生のとき、英語の授業でsisterという単語は、姉も妹も区別しないのだと知って、少し楽になった。

世界を知ることは、そうやって、少しずつ自分が楽になれることを集めることなのかもしれない。

だから、つぐみが行きたいところがあるなら、寂しくてもそれを応援したいのだ。


肩を揺さぶられて、目が覚めた。つぐみがわたしの顔をのぞき込んでいる。

「今、何時……？」

寝ぼけた声でそう言うと、つぐみは自分のポケットをごそごそ探った。

「スマホ忘れたからわからないけど、てか、それよりなんでわたしら店にいるの？」

わたしは起き上がって、休憩室の隅にある、古びた目覚まし時計を手に取った。わたしよりも年上だという昭和の目覚まし時計は、二時半を指していた。

「二時半か……、帰る？」

「そりゃ、帰るけど、なんでここにいるの？」

「わたしが連れてきたの。覚えてない？」

「覚えてないよ！」

曾祖母のことは黙っていることにした。今は彼女の大事な公演前だし、動揺させたくない。彼女から聞かれたら嘘はつかないが、自分からは言わない。

「なんで？」

そう尋ねられて、わたしは少し考えた。冷蔵庫から、ふくら雀のねりきりを出す。

「えっ、なに、これ、可愛い」

「可愛いでしょ。これを見せたくて」

ぎりぎり嘘にならないことばを探す。「これを見せたくて連れてきた」とは言わない。

「見せたいだけなら、持って帰ってくればええやん」

「そうだね。ごめん」

つぐみはバットを手にとって、ねりきりをまじまじ見た。

「でも、すごく可愛い。小梅が作ったの？　尾形さん？」

「わたしはまだこんなの作れないよ」

「じゃあ、尾形さんか……可愛いの作るねえ。売るの？」

「これは試作品だから売らない」

「もったいない」

つぐみの声が普段のトーンに戻っていく。動揺もしていないし、怒ってもいない。

わたしは自分のスマートフォンをチェックした。彼女がねりきりを作ってる動画はちゃんと残っている。

「なに見てるの？」

「ん、ちょっと。もう帰ろうか」

いつか彼女にそれを見せる日がくるかもしれないけれど、それは今ではない。

もう遅いから、店の車で家まで帰った。

歩いて行くときの道は、車が通るには細すぎるから、遠回りをしなければならない。結局は歩くのとそう変わらない時間がかかってしまう。

いつもは車がひっきりなしに行き来している幹線道路も、ひどく空《す》いていた。

ときどき、物流のトラックが横を通りぬけていく。

つぐみは、黙って窓の外を見つめていた。

夜の移動は、ひとりでなくても少し心細い。車ではなくて、まるで幌馬車《ほろばしゃ》に乗っているような気持ちがする。

車で十分もかからない距離なのに、行くあてなどなく、どこまでも走っているような気がしてしまう。

つぐみが口を開いた。

「わたし、留学から帰ってきたら、自分の劇団をはじめようと思う」

「どんな劇団？」

「アラビア語と日本語で、お芝居をする。韓国語でも」

わたしは少し息を止めて、それから言った。

「いいね」

本当はなにがいいかもわからない。うまくいかないかもしれない。それでもわたしが言えることはそれだけだ。

もう一度言う。

「いいと思うよ」


つぐみの所属しているのは、大学の卒業生が中心になって旗揚《はたあ》げした劇団だという。半分以上が、大学の卒業生と在校生だというが、アマチュア劇団にしてはそこそこ人気があると聞く。

それでも、チケットノルマはあるらしく、つぐみがよく友達に電話をかけているのを知っている。演劇というのは、公演を打つだけでびっくりするほどお金がかかるものだということも、これまで知らなかった。

アマチュアだから、劇団員に給料は払わなくても、劇場を借り、稽古場を借り、大道具と衣装を用意するだけで、五十万以上かかるという。

「人気が出て、劇場を大きくすると、もっとお金がかかるし、またプロの俳優を呼んだりすると出演料を払わないといけないし、大変なんだよ」

つぐみにはそう言われたが、わたしとしては、そんなにお金がかかる趣味というのが、ぴんとこない。そう思ってしまうのは、きっと自分が凡人だからだ。

友達を誘ってほしいと言われたので、幼なじみである高世遙香《たかせはるか》に声をかけた。三千五百円のチケット代は、高いのか安いのかわからない。映画なら二本観られるし、安いわけではないけれど、何十万も経費がかかると聞くと、そのくらいして当然なのだろうなと思うだけだ。

だが、つぐみに頼まれなければ、自分でこのお金を払ってお芝居を観に行くことはないだろう。そのことが、少しだけわたしの気を重くする。

劇団の公演は、土曜日一回、日曜日に二回の計三回で、わたしと高世は日曜日の昼公演を観に行くことにしていた。

高世は映画は好きだが、舞台は観たことがないという。わたしも、つぐみの高校の演劇部の舞台を観ただけだ。前回の公演は仕事が忙しい時期で行けなかった。

会場は百人入ったらいっぱいになるくらいの、小さな劇場だった。頭の中で計算をする。百人で三十五万円。それを三公演なら満員で百万とちょっとのチケット売り上げ。

なるほど、カツカツだ。

高世が劇場入り口でもらった配役表を広げる。

役者は全部で十二人。最初の六人の名前が大きくて、残りの六人の名前は小さい。つぐみの名前は小さかった。

きゅっと心臓が痛くなる。高校の演劇部では、主役ではないものの、いい役をもらっていた。だが、配役表とあらすじを見る限り、つぐみの役は大きいようには思えない。

「楽しみだね」

高世がそう言って笑ってくれることが、少し息苦しい。

気が付けば、開演五分前のブザーが鳴っていた。

場内が暗くなる。


正直言うと、お芝居はおもしろいのかそうでないのかわからなかった。

主役の飄々《ひょうひょう》とした男性は、魅力的だったし、演技も上手い気がした。小さな笑いを積み重ねて、客席は笑ってはいるが、話は難解で、自分がどこに連れて行かれるのか全然わからない。

なにより、つぐみは少ししか出ていなかった。聞いていた通り、忍者の役で、ときどきコミカルに障子《しょうじ》を開けて現れたり、床下から現れて、笑いを取っていたが、忍者のマスクで顔は半分隠れている。

これでは観にきてくれる人にも、つぐみの顔はわからない。

話が飲み込めないうちに、舞台がまた暗くなり、次に役者たちが出てきて、頭を下げた。それでようやく、芝居が終わったのだとわかった。

さすがにカーテンコールでは、つぐみはマスクをとって顔を見せていた。彼女は他の役者たちと違って笑っていなかった。固く唇を引き結んでいた。

明るくなってから、席を立つ。高世は、ちょっと困ったような顔でわたしを見て笑った。

それで彼女もあまりおもしろくなかったのだとわかった。

役者たちが観客を見送りにきていたが、つぐみの前には友達が何人もいたから、軽く手だけ振って、劇場を出た。

高世からは感想は言いにくいだろうから、わたしが先に口を開く。

「なんか、よくわかんなかったね。お芝居ってああいうのなのかな」

高世はほっとしたように笑った。

「あ、やっぱり？　わたしが頭悪いからわかんなかったのかと思った」

まったくおもしろくないわけではなかったし、ところどころはわかったけど、それでも次にまた三千五百円を払って観に行きたいかというと、なかなか微妙だ。

わたしたちは、駅前のカフェで、お茶を飲むことにした。

注文を済ませてしまうと、高世がいきなり言った。

「こんなこと言っていいのかわからないけど……」

「なに？」

「つぐみちゃんが可哀想《かわいそう》だと思った」

どきりとした。わたしはぎこちなく笑顔を浮かべた。

「可哀想？」

「だって、小梅ちゃん、言ってたやん。つぐみちゃん、毎日稽古頑張って、遅く帰ってくるんやって。それなのに、出番なんて少しで、顔も見えなくて……」

「卒業生が中心になってやっている劇団だから、つぐみなんて下っ端やし。それに、最初から主役や大きな役ができるわけないし、脇役や端役《はやく》もいないと舞台も成り立たないし……」

「そう言われればそうだけど……」

正論を言いながらも、自分でも気づいていた。

わたしもどこかで、つぐみの役が小さかったことに憤《いきどお》っている。彼女を可哀想だと思っている。

たぶん、つぐみはわたしがそう思っていることに気づいたら怒るだろうし、簡単に許してはくれないだろう。

でも、そう考えてしまうのは悪いことなのだろうか。

わたしはふうっと息を吐いた。高世は友達だから隠し事はしたくない。

「わたしも高世の言うことわかるし、正直言うと、つぐみのことの方がわかんない。ちょっとつぐみが可哀想だと思ってしまうのもわかる」

「でしょ?」

「でもさ……わたしらから見たら、あんまり報《むく》われていないように見えることに、全力投球できることと自体が、なんというか……その……」

その単語を、口に出すのはちょっと気恥ずかしい。

「情熱とか、そういうんじゃないのかなあ」

いい役だから頑張る。その気持ちならわたしにもわかる。でも、仕事でもなく、いい役がもらえなくても頑張ることができるのは、情熱がある人だけだ。

「そっか……言われてみればそうかも。今回、つぐみちゃん、笑いを取ってたし、次はもっといい役がくるかもね」

わたしの方は高世が怒ってくれたことに少しほっとしていた。

その感情はわたしの心の奥にも生まれていた。高世が怒ってくれなければ、くすぶり続けていただろう。

だが、心のどこかで考えずにはいられない。

つぐみは本当はどう思っているのだろう。

その夜も、つぐみの帰りは遅かった。


それはつぐみの舞台が終わった、次の週のことだった。

母はその日早朝から出勤していたから、夕方に家に帰ってしまった。尾形さんも明日の仕込みを済ませると退社してしまい、わたしは真柴さんとふたりで、閉店作業をすることになった。

夏はやはり和菓子の売り上げが少し落ちる。

桜餅や柏餅の代わりに、水ようかんを出したり、麩《ふ》まんじゅうなどを出したりしているが、それでもやはり他の季節の方が売れ行きはいい。

仕方ない。わたしだって、夏はアイスクリームやかき氷が食べたい。最近人気だというタピオカミルクティも夏にぴったりだ。

かき氷を作ってみたいと思う。

凍滝《いてたき》にはイートインのスペースはないけれど、どこか借りて、和風カフェでもやってみることはできるだろうか。

以前、人気のかき氷店で食べたかき氷は、芸術品のようだった。

薄くて舌の上でさらりと解ける氷に、ジャスミンティーとグレープフルーツのシロップがかかっていた。まるでメロディを奏でるような美味しさが口の中にあふれ、そして儚《はかな》く消えていく。

母はあまり事業を広げることには興味がないようだった。百貨店の催事の話も断ってしまうし、あまり新商品も作らない。

そのやり方は凍滝らしいと思うけれど、少し退屈な気もするのだ。

今はいろんなかき氷がある。マスカルポーネチーズのクリームをかけて、ココアパウダーを散らしたティラミスのかき氷、ヨーグルトをエスプーマという泡にして氷の上にかけたものは、夢みたいに美味しかった。

かき氷専門店で、あまりに美味しいので秘密を尋ねたら、「天然の氷なんです」という答えが返ってきて、驚いたことがある。

夏に天然の氷なんて、魔法みたいだと思ってよく聞いたら、冬に作った天然の氷を、保存して夏に出荷しているということだった。

どちらにせよ、魔法みたいなことには変わりない。

凍滝らしいかき氷って、なんだろう。やはり宇治金時か、せいぜいミルク金時だろう。練乳を手作りしている店に食べに行ったこともある。買ったものではなく、手作りの練乳なら、凍滝らしさが出るかもしれない。

そんなことを考えながら、ふと顔を上げると、女性が店内をのぞいているのが見えた。

髪が完全に隠れるように、スカーフを巻いている。以前、つぐみに教えてもらった。たしかヒジャブとかいう名前で、イスラム教の女性が身につけるものだ。

肌が蜂蜜みたいにつややかで、彫りが深い。中東系の顔立ちのように見える。

真柴さんが困ったようにわたしを見る。わたしはその人に近づいた。

「いらっしゃいませ。なにかお探しですか？」

外国人のお客さんもたまにくるから、接客に必要な英語くらいは勉強した。だが、最初は日本語で話しかけるようにしている。

見た目が外国人のようでも、日本語が喋《しゃべ》れないと決めつけるのはおかしいし、外国人がすべて英語話者だと決まっているわけではない。

彼女は少しはにかんだように笑うと、きれいな発音で言った。

「こんにちは」

日本語も英語も通じなかったらどうしようと思っていたから、ほっとした。

「なにかお手伝いできることでも？」

「こちら、瀧乃《たきの》つぐみさんのお宅ですか？」

いきなりつぐみの名前が出てきて、驚いた。

「ええと……つぐみはわたしの妹ですが、ここには住んでません。家は別なんです」

「そうなんですか……」

彼女はがっかりした顔になった。

つぐみの大学のクラスメイトだろうか、と考えて、自分の間違いに気づく。日本のアラビア語学科に、中東の人がわざわざ勉強しにくることはないだろう。先生にしては若い気がする。

「なにか言伝《ことづて》がありましたら、伝えますけど？」

そう尋ねると、彼女は首を傾げた。

「ことづて？」

「つぐみに伝えてほしいことがあったら、伝えます」

「ああ、わかりました」

彼女はぱっと笑顔になると、ゆっくり話し始めた。

彼女は日本で働いているが、先日、彼女の姉が日本に会いにきたのだという。姉は日本語も英語も喋れないが、彼女は仕事があって空港まで迎えに行けなかった。

難波《なんば》の駅で、乗り換えがわからずに右往左往しているところに、つぐみが通りがかって、アラビア語で話しかけてくれて、切符を買って、乗る電車まで案内してくれたのだという。

彼女の姉が、名前と連絡先を教えてほしいと懇願《こんがん》すると、つぐみは凍滝の名刺に自分の名前だけ書いて渡したのだという。

「ここがわたしの家だから、なにか困ったことがあったら相談して」

そう言い添えて。

それを聞いて、わたしは少し笑ってしまった。凍滝はたしかにうちの家族の店だが、つぐみが店にくることなどめったにない。

彼女は小さな紙袋を差し出した。

「これ、つぐみさんに渡してください。お礼を言いたかったのですけど……」

「渡します。中身はなんですか?」

「デーツです。お好きだといいんですけど」

デーツは、以前つぐみが買ってきたのをもらったことがある。びっくりするほど甘かったが、おいしかった。つぐみはよく食べているから好きなのだろう。

「好きです。どうもありがとうございます」

「柔らかいデーツなんです。日本で売っているものより、美味しいです」

そう言われて驚く。乾燥したデーツならよく見るようになったけれど、柔らかいのなんて食べたことはない。

最近、つぐみはあまり元気がない。舞台が終わって燃え尽きてしまったのかもしれない。

念のため尋ねてみる。

「あの、連絡先とか、中に入っていますか？　つぐみがお礼を言いたいかもしれないですし」

「カードにメールアドレスを書いてます。ハフサと言います」

「ハフサさんですね。伝えておきます」

彼女が帰ってしまってから、紙袋をのぞくと、黄色と青の美しい色合いの箱が見えた。これで、つぐみが少しは元気を出してくれるといい。


家に戻って、引き戸を開けた。

ただいま、と言う前に、激しい言い争いの声が聞こえてくる。

声を聞いただけでわかる。母とつぐみが喧嘩をしているのだ。どっと疲れが押し寄せてくる。

一日働いてくたくたなのだ。家でくらいくつろがせてほしい。そう思いながらも無視するわけにはいかず、わたしは靴を脱いで自宅に上がる。

一階の客間でふたりは言い争いをしていた。

「お母さんの分からず屋！　差別主義者！」

「なに言ってんの！　そういう問題やないでしょ。なにもエジプトの人を差別してるんやない。でも、あんたがテロにでも巻き込まれたらどうすんの」

「じゃあ、ヨーロッパやアメリカならいいの？　どこでだってテロは起きるかもしれないのに！　日本だって地下鉄サリン事件とかあったのに！」

「確率の問題でしょう」

「どんなに確率が低くても、遭うときには遭うよ！　交通事故に遭うから、家に引きこもっているの？　違うよね！」

言い争いを聞いているだけでわかる。やはり、留学の話なのだ。

「みんな学校の仲間は留学する。わたしだけできないのはなんで？」

「ドバイでも留学できるって言ってたでしょ。お母さん、ドバイならいいって何度も言ったのに」

「ドバイはいや。エジプトに行きたい！」

母は前から留学そのものを嫌がっていた。だが、妥協してドバイならば許すと言ったのに、つぐみがそれでは嫌だと言っているらしい。

母が妥協したのに、一歩も譲らないつぐみは頑固だが、これはつぐみの人生のことでもある。わたしや母はしょせん傍観者《ぼうかんしゃ》にしかなれないのだ。

とりあえず、喧嘩を止めるため、わたしは声をかけた。

「あのー、わたしお腹空いて帰ってきたんだけど、ごはんどうする？」

そう言うとふたりが同時に言った。

「好きにしたらええでしょ！」

わたしはためいきをついて、台所に行った。まだなにも用意されていないことを確認し、冷蔵庫にすぐ使わなければならない肉や魚がないことも確認する。ごはんはタイマーで炊かれているが、後で冷凍でもすればいい。

それから携帯電話を取りだして、登録されている電話番号にかけた。

「はい、幸《さいわい》 寿司《ずし》です」

「えーと、瀧乃です。いつもお世話になってます。今日はにぎりの竹三人前お願いします。はい。容器は使い捨てで、一人前はさび抜きで。はーい。待ってます」

電話を切ると、母とつぐみが驚いた顔でこちらを見ていた。

母が目を丸くして尋ねる。

「……なんで、お寿司頼んだの？」

「食べたかったから。あ、もちろん、わたしひとりで食べたりしないよ。三人分頼んだし、ちゃんと奢《おご》るから安心して。お母さんの分はさび抜きにしたし」

母はわさびが苦手で食べられない。

わたしとつぐみは、中学生の時からさび入りを食べていた。外でお寿司を頼むたび、いつもさび抜きの皿を、わたしかつぐみの前に置かれるのがおもしろかった。

母が、気持ちを切り替えるように息を吐いた。

「じゃあ、味噌汁とサラダくらいは作るわ。お寿司だけやと栄養が偏《かたよ》るし」

つぐみは小さな声で「逃げた」とつぶやいた。わたしはつぐみに尋ねる。

「お寿司食べないの?」

彼女は少し黙ってから答えた。

「食べる」


お寿司が届いて、三人で食べ始める。

母とつぐみが話さないので、わたしばかりが喋っている。

「お父さん、次、いつ帰ってくるの?」

質問を投げかけると、どちらも黙っているわけにはいかないから、あえて質問ばかりする。

母が海老を箸で持ち上げながら答えた。

「来週の土日」

「やった。じゃあ、東京の和菓子買ってきてもらおう」

そう言うと、つぐみがぼそっと言った。

「和菓子屋のくせに、和菓子ばかり頼んで……」

「ええやん。研究よ。研究。買ってきてもらったら、つぐみも食べるくせに」

「わたしは和菓子屋とちゃうもん」

減らず口ばかりを叩く。まあ、美味しいものを食べ続けながら、怒るのは難しいから、つぐみと母も少しずつ表情が和らいでくる。

つぐみが唐突に母に言った。

「穴子とイカ交換して」

母は穴子が好きで、つぐみはイカが好きだ。いつも二人はお寿司を食べるとき、好きなネタを交換する。

母は「ん」と小さな声で言って、穴子を自分の方に寄せた。

わたしは湯飲みのお茶を飲む。まったく世話が焼ける。


夕食後、わたしはつぐみの部屋に預かったデーツを届けに行った。

ハフサさんのことを話すと、つぐみは目を丸くした。

「あったあった。二週間くらい前かなあ。じゃあ、あの人、ちゃんと妹さんのところに行けたんだね」

「すごいね。ちゃんと案内できるなんて」

そう言うと、つぐみは眉間に皺を寄せた。

「道案内くらいできるよ。頑張って勉強してるんだもの」

「そっか。そうだよね」

つぐみはデーツの箱を開けた。乾燥デーツではないが生でもないようだ。ぷっくりと膨らんだ紫のデーツが箱にたくさん詰まっている。

「おいしそう。なにこれ？」

そう尋ねると、つぐみは答えた。

「たぶん、セミドライデーツだと思う。わたしもはじめて見た」

ふたりで紅茶を淹れて食べることにした。あえて母は仲間はずれにする。

乾燥デーツと違って、セミドライデーツは柔らかくて果汁がまだ残っている。びっくりするほど美味しい。

普通の干し柿とあんぽ柿くらい違う。

「すごい。美味しい。ドライデーツも甘くて美味しいと思ったけど、これはもっとフルーティで全然違う」

指先で持ち上げると皮が破れてしまいそうなほど柔らかい。

甘いものを食べて気持ちが緩《ゆる》んだところで尋ねてみる。

「どうして、ドバイじゃ駄目なの？」

「エジプトには、エジプトの方言があるの。それをちゃんと勉強したいの。ドバイでは無理だから……」

つぐみはちゃんと考えている。だが、母をどうやって説得すればいいのだろう。

第五章

次の週の金曜日、父が東京から帰ってきた。

父はだいたい、月に一度くらい週末に東京から帰ってくる。単身赴任に行った当初は、毎週帰ってきていたのだが、毎週東京大阪間を往復するのは不経済だ。いつの間にか、回数が減っていき、月に一度で落ち着いていた。

母も前は、ときどき、休日に東京に行っていたが、最近ではわざわざ行くことはない。

「だって、ちゃんと洗濯もしているし、家もきれいだし、大丈夫そうだから」

一度、「お父さんのところにはもう行かないの？」と尋ねたら、そんな返事がかえってきた。ちゃんとしていればいるほど、放っておかれるというのも、少し理不尽な気もするが、父は大人だ。家族に会いたければ自分で帰ってくるだろう。

地震の後に、一度帰ってきたが、そのときは忙しいと言って一日家にいただけで帰っていった。今回も、中国地方での水害の影響で流通が滞《とどこお》り、かなり忙しいらしい。

金曜日の帰宅は、仕事が終わってから新幹線に乗るので、いつも遅くなる。今日は十一時を過ぎると言っていた。

普段なら寝る時間だが、起きて待っていることにする。台所で携帯電話を弄《いじ》っていると、お風呂から出たつぐみが水を飲みにきた。

「まだ寝ないの？」

「お父さん帰ってくるからさ」

「ああ……」

つぐみは浄水器の蛇口をまわして、水を汲んだ。そのままごくごくと飲んで、首にかけたタオルで濡れた髪を拭く。

「明日もいるんでしょ。わたしは寝ようかな」

「うん、日曜の夜向こうに戻るって」

数日前、父とわたしはメールのやりとりをした。母とつぐみが険悪だということを知らせたかったのだ。

「お父さんは、どうせ留学するならつぐみの好きなところに行かせてあげればいいのにって言ってたよ。お父さんに、お母さんを説得してもらったら」

父がそう言っていたのは事実だ。だが、つぐみは少し嫌な顔をした。

「お父さんはいつもいい顔ばかりするんだよ。実際にはそんなに頼りにならない」

つぐみの言うこともわかる。父はふわりと「つぐみのやりたいようにやらせれば？」と言うが、母の気持ちを変えさせるほど強いことばは使わない。それを穏やかな性格だからだと考えるか、いい顔だけしてずるいと考えるかは、見方によって違う。

わたしはそれでも味方は多い方がいいと思う。

だが、わたしは気づいている。父が帰ってくると、母とつぐみが少し仲良くなる。父に対抗して結託しているような感じになる。

もちろん、ふたりで父を攻撃するとか、苛《いじ》めるとかそんなにひどいことはしないが、どちらかが父を責めるような状況になったとき、つぐみは母の側につき、母もつぐみの側につく。

そうなると、父が可哀想なので、わたしが父をかばうというのがいつものパターンだ。

まあ、二対二なのでバランスは取れているのかもしれない。

つぐみは時計に目をやった。

「もう十一時過ぎだけど、何時頃家に着くの？」

「十一時半くらいかなあ。八時過ぎの新幹線に乗ったみたいだから」

「ふうん。まあ日曜までいるなら、明日話す」

お芝居が終わったから、つぐみが家にいる時間も増えた。居酒屋のアルバイトには行っているが、昼間はだいたい家で本を読んだり、勉強をしたりしている。

「じゃあ、もう寝るね。お父さんによろしく」

「うん、おやすみ」

自分の部屋に行くつぐみを見送る。

何年か前、父にとげとげしく振る舞うつぐみに尋ねたことがある。

「お父さんのどこが嫌い？」

つぐみは口を尖《とが》らせた。

「嫌いじゃないよ。別に」

そう言った後、でも、と付け加える。

「でも、絶対にお父さんにわたしの気持ちなんてわからないのに、わかったふりするところがむかつく」

そう言われて、少し笑ってしまった。父に言ったら、嫌いと言われるよりもショックを受けそうな気がする。

それを言ったのは中学生のときのつぐみだから、今はもう少し大人になっているとは思う。

誰だって好きな人のことはわかりたい。わかっていると思いたい。

相手が自分の子供ならなおさらだ。でも、つぐみは簡単にわかるなんて思われたくないと考えている。

その、空いてしまった隙間を埋めるのはいったいなんなのだろう。


父が帰ってきたのは、十二時前だった。母もさっき、もう寝ると言って寝てしまった。

インターフォンも鳴らさずに入ってきた父は、台所の椅子に座っているわたしを見て、驚いた顔になった。

「なんだ。まだ起きていたのか。明日早いんだろう」

「お父さんを待ってたんだよ。ひさしぶりだから」

「そうか。ごめんごめん。降りるとき、新幹線の切符を無くしてしまって手間取ったんだ」

「見つかったの？」

「ああ、車内にあったらしい」

たしか前も、新幹線の切符を乗車後に無くして、もう一度料金を払ったと言っていた。そのシステムも絶対おかしいと思うが、もう少し気をつけてほしい。

「これ、頼まれていたお菓子」

父が差し出した紙袋を受け取る。

「やった。今日買ったの？」

賞味期限を見ると、明日まである。製造日は今日になっているから会社が終わった後、遠回りをして買いに行ってくれたのだろう。

「ありがとう。めっちゃうれしい」

父は笑った。いつも目尻の下がった優しい顔をしている。たまにしか会えないのは寂しいが、父が単身赴任をするまでは、喧嘩をしたり、腹を立てることも多かったから、適度に距離があるのもいいことかもしれないと思う。

離れていると、冷静にその人が見える。だが、常に一緒にいて、その人がどんな人かなんて気にしないことの方が、家族らしいと思うこともある。

「つぐみももう寝たのか？」

「うん、さっき寝た。今は学校も夏休みだし、お芝居の稽古もないから、わりと家にいるよ。明日も昼間はいるって」

「そうか。つぐみのお芝居はおもしろかった?」

「まあまあかな。つぐみは頑張ってたよ」

父は、自分で冷蔵庫を開け、麦茶をコップに注いだ。わたしの前に座る。

「つぐみとお母さんは相変わらず?」

「まあね。お父さん、お母さんを説得してよ」

「説得できるかどうかはわからないな。お母さんが、つぐみを心配する気持ちもわかる」

相変わらずふわっとしたことを言う父を、わたしは睨み付けた。

「でも、お父さんは、つぐみが好きなようにすればいいって思ってるんでしょ」

「うん、一生に一度のことになるだろうしね。うちはそう何回も留学に行かせてやれるほど、裕福なわけじゃないから。だから、お母さんにはそう言うけど、それでお母さんが気持ちを変えるかどうかはわからない」

「なんで、お母さん、あんなに頑固なんだろ」

「まあ、気持ちはわかるよ。お父さんだって、できればつぐみが危ないところに行くのはやめてほしいと思っている。小梅だってそうだろう」

「そうだけど……」

でも、つぐみが言っていたように、日本にいたから安全が保証されているわけではない。フランスやドイツでもテロによる事件は起こっている。

「お父さんも、つぐみがシリアやアフガニスタンに行くなら反対する。だから、お母さんが無茶なことを言っているとは思わない」

こうやって、理路整然と説得されることはわたし自身は嫌いではない。たぶん、つぐみはそれが嫌いなのだ。

「まあ、できるだけのことは言ってみるよ。それに、お母さんが反対していたって、行くことはできるだろう」

「どういうこと？」

「保護者のサインがいるなら、お父さんが書くし、必要なお金だってお父さんが出せばいいんだろう。そうなるとお母さんだって意地を張り続けるわけにはいかない」

「うーん……」

強行できるとしてもつぐみがどう判断するかが問題だ。考え込んでいると父が麦茶を一口飲んでから言った。

「小梅はどうなんだ？」

「わたし？　わたしはなにもないよ」

そう言ってから、自分の口から出た言葉に、わたしは愕然《がくぜん》とする。

わたしはなにもない。もちろん、省略はしている。わたしには悩みや困っていることなどなにもないと言いたかっただけだ。

でも、その一言が、自分のうちにあるなにかを言い当ててしまっているような気がした。

つぐみにとってのお芝居や、アラビア語のように、家族の反対をものともせず打ち込めることなどなにもない。

急にそのことを目の前に突きつけられたような気がした。

「長い休みを取って旅行をしてみたいとかはないのか」

「休みなんて取れないよ」

「もし、取れたら？」

考えたことなかった。昔から、うちは店をやっているから長い休みなんてないと言われていた。お盆はお供えのお菓子を売らなければならないし、正月は正月で人が集まるからお菓子が売れる。うちはお盆は休まないし、正月も元日だけしか休まない。

できないと思っていたことをできるかもしれないと考えるのは難しい。

「少し考えてみなさい。つぐみは大学に行って、留学までするのに、小梅だけずっと店で働かせるのは不公平だと思っていたし、それはお母さんも同じ考えだ。もし、この先、店で働き続けるにしろ、若いうちにしてみたいことがあるなら、言いなさい」

わたしは小さく頷いた。

不公平だと考えたことはない。わたしも大学に行こうと思えば行かせてもらえたし、行ってはならないと言われたわけではない。勉強をしないことを選んだのはわたし自身だ。

ただ、それでも自分の中にはたしかにいじける気持ちがあって、それをすくい上げてもらえたような気がした。

もし、どこにでも行けると言われたら、どこに行くだろう。

布団に入ってから考えた。高校のときの友達が、年末からお正月にかけてパリに行っていた。いい香りの紅茶をおみやげにもらった。

まったく行ってみたくないわけではないけれど、ものすごく行きたいかと言われるとそうでもない。だいたい、フランス語だって話せない。

ローマやニューヨーク、ロンドンなど、人気のありそうな観光地を思い描いてみるが、あまりしっくりこない。

もし、家族で行こうという話になったら喜ぶし、つぐみに誘われても喜んで行くと思う。だが、自分から誰かを誘うほどの強い気持ちはないし、ましてやひとり旅などは怖くて考えられない。

ふいに、この前食べたデーツのことを思い出した。

デーツの生産地に行けば、生のデーツが食べられるだろうか。以前、テレビで見た美しいアラブ菓子が頭に浮かぶ。

どれも小ぶりで、一口で食べられて、少し和菓子に似ている気がした。小さなガラスのカップに入ったミントティーと一緒に食べるというのも、和菓子っぽい。

食べてみたいと思うけれど、近くで食べられそうなところはない。

携帯電話を布団に持ち込んで検索する。東京ならば少しはあるらしいが、それでも種類はそんなに多くはない。

食べるためには、どこかに行くしかないのだろうか。

行くのなら、つぐみと一緒に行きたい。彼女なら、少しはことばもわかるだろう。

そう思って、わたしは布団の中で苦笑する。結局わたしは、誰かに頼ることばかり考えているのだ。


父は日曜の夜に帰っていった。

わたしが店から帰宅すると、もう父はいなかった。少し寂しいと思うが、お盆には帰ってくると言っていた。次は二週間ほどで会える。

居間でテレビを見ていたつぐみに尋ねた。

「話し合いはうまくいった？」

「まあ、そこそこね」

ということは、少しは母の態度も軟化したのだろう。

「行くとしたら、いつから行くの？」

「来年四月から一年間」

胸がきゅっと痛くなる。家からは少しずつ人がいなくなっていく。父が東京に行き、祖母がひとり暮らしをはじめ、つぐみも出て行く。

もちろん、父もつぐみもいずれは帰ってくる。だが、つぐみはきっとまた出て行くのではないだろうか。

「遊びに行くよ」

「本当に？　じゃあ観光地を案内できるように頑張るわ」

エジプトでは生のデーツが食べられるだろうか。砂漠の国では栽培されていることが多いと聞く。シーズンはいつなのか調べてみなければならない。

たぶんわたしは、この家を出て行くことはないだろう。結婚でもすれば違うのかもしれないけれど、今はまだそれは想像できない。

父に言われた、行きたい場所ややりたいことも、まだ具体的には思いつかない。つぐみの留学先には遊びに行きたいけれど、でもそれだとあまりに自主性がない気がする。

「行くまでに頑張って勉強しないと……しばらくお芝居はお休みかなあ」

つぐみは少し寂しそうにそうつぶやいた。

「戻ってきたら、またやるんでしょ」

そう尋ねると、彼女はなぜか微妙な顔をした。

「そのつもりだけど、そのときになってみないとわからない」

それはそうだ。卒業して就職してしまうと、簡単には続けられない趣味だろう。

つぐみの未来には数え切れないほどの選択肢があって、そのことがひどくうらやましい。

わたしはいったいなにがしたいのだろう。


夜中にいきなり揺り起こされた。

「起きて、起きて」

つぐみの声、なにかあったのだろうかと思って、身体を起こす。

時計を見ると、まだ朝方の四時だ。

「なに……いったい」

「あんた、あれどうなったん?」

つぐみがわたしの顔をのぞき込んで言った。イントネーションのはっきりした大阪弁。一気に目が覚めた。

そこにいるのは、つぐみではない。曾祖母だ。

「えっと……あれって……」

「手紙や、手紙。えーと、あんた名前なんやったかな。つぐみちゃんやったっけ?」

「小梅です……つぐみはひいお祖母ちゃんが……」

乗り移っているというのも変で、ことばを濁《にご》した。

そういえば、曾祖父の手紙のことについて、頼まれていたのだった。すっかり忘れていた、というよりも、どうやって、それを探していいのかなんてわからない。曾祖母が亡くなったのだって、四十年以上前で、曾祖父が亡くなったのはそこから十五年前、つまりは五十年以上も前なのだ。

「手紙探すなんて無理ですよ。だって、その女性だって、もう亡くなってるかもしれないし」

「そんなことあらへん。まだ二十代の若くてきれいな人やった。なんであんな人がうちのお父ちゃんとつきおうてたのか知らんけど、まだ元気なはずや」

曾祖母は今を西暦何年くらいだと思っているのだろう。もう昭和が終わって三十年近く経っているのだが、そのことはわかっているのだろうか。

頭の中で計算する。曾祖父は一九六〇年に亡くなっている。そのときに、その女性がたとえば二十八歳だとしたら、今は八十六歳だ。女性の平均寿命を考えると、まだ生きている可能性は充分ある。

「その人の名前、覚えてますか？」

「……たしか、綾乃《あやの》さんとか言うたわ。源氏名かもしれへんけど」

「姓は？」

「忘れた」

それでは情報は無いも同じだ。

「無理ですよ。それだけの情報だったら」

「それがな。ウチ、綾乃さんの店は覚えてんねん。だからそこまで行ったら店の住所はわかる」

「店ってどこですか？」

「北新地《きたしんち》」

つまりは飲み屋か、バーだろう。八十六歳になって現役で働いているとは思えない。

わたしは思い立って尋ねた。

「綾乃さんが持っているお店だったんですか？」

「そうやと思うよ。ママって言われてたから。お父ちゃんも相当お金出してたらしいし」

さらっとそう言う曾祖母に、胸が痛んだ。

だが、その店が綾乃さんの店ならば、少しは手がかりになるかもしれない。

「えーと、で、そこの住所とかは……」

「住所はわからんわ。でも行ったらわかる」

つまりは曾祖母を連れて、北新地まで行かなければならないのか。今日はシフトが休みの日だから、時間はあるけれど、それでも心配だ。

「あの……大阪駅近辺、ものすごく変わっていますよ。びっくりしないでくださいね」

「そら、変わってるやろ」

曾祖母は「なにを当たり前のことを」と言いたげに答えた。

不思議だった。つぐみの顔と声なのに、話し方と表情が全然違う。

「わかりました。今日、行きましょう」

「ほんま？　よかったわあ」

目を輝かせる曾祖母にわたしは言った。

「だから、とりあえず、もう少しだけ寝てください。わたしが起こしに行くまで」


心配だったのは、母が出勤するまでに、曾祖母が起きてこないかだ。

またつぐみが変貌《へんぼう》するのを見たら、母は激しく動揺するだろう。エジプト留学も無しになるかもしれない。

幸い、曾祖母はわたしの頼みを聞いてくれたようだった。

母が出勤してしまってから、わたしはつぐみの部屋に曾祖母を起こしに行った。

曾祖母は布団の上に座って、つぐみのマンガ本を読んでいた。

「おもしろいですか？」

「まあまあやな。ようわからんとこいっぱいあるわー」

もし、自分もいきなり四十年後に飛ばされて、そこでマンガを読んだら、わからないことがたくさんあるのではないかと思う。

「とりあえず、朝ごはん食べましょう」

曾祖母を促《うなが》して、居間に連れて行く。ちゃぶ台に座らせて、サラダと目玉焼きを出した。

「ええと、トーストだけど、大丈夫ですか？　ごはんがよければ……」

曾祖母は声を上げて笑った。

「人をどれだけ古い人間やと思ってるんやろか。トーストいただきます」

以前、調べたら、曾祖母が亡くなったのは一九七五年だった。その頃に、テレビはもうあったのか、みんなパンを食べていたのか。わたしにはまったくわからない。

だが、曾祖母はバターとジャムを塗ったトーストと目玉焼き、マヨネーズをかけたサラダをきれいに食べて、インスタントコーヒーも飲んだ。

機嫌良く言う。

「さ、出かけよか」

心配なのはこれからだ。車で行きたかったが、今日は仕入れがあるから、母が車に乗って行ってしまった。

「大阪駅まで電車で行くけど、びっくりしないでくださいね」

「なにをびっくりするのん?」

「いろいろ変わってるんで」

わたしはクローゼットから、つぐみがよく着ているTシャツとクロップドパンツを出して、曾祖母に渡した。

「これに着替えてください」

それからつぐみの財布と充電してあった携帯電話をショルダーバッグに入れて渡す。

「これも持ってて」

手ぶらで大阪駅まで連れて行くのはさすがに心配だし、はぐれたときのために携帯電話も持っていてほしい。

自分の財布と携帯電話、ＩＣカードも持って、家を出る。

外に出ると、曾祖母は「あっつ」とつぶやいた。八月はじめのいちばん暑い時期だ。駅まで歩くだけで汗だくになる。

二年後には東京にオリンピックがやってくる。曾祖母なら前のオリンピックを見ているだろうが、そもそもその話を聞こうとしても、わたしがオリンピックのことについてなにも知らない。こんなに暑い時期にやって、アスリートたちは大丈夫だろうかと思うだけだ。

駅までの道を歩く間、曾祖母はきょろきょろとあたりを見回していた。

だが、それほど驚いた様子はない。

「変わってますか？」

「少し。あんたが変わってる変わってる言うから、空飛ぶ車でも走ってるんかと思たわ」

さすがにそれはまだ開発されていない。自動運転ならば、あと何年かで実用化されるという話だが、空飛ぶ車はもっと先になるだろうし、そもそも必要なのかどうかもわからない。

むしろインターネットでショッピングをしたり、ビデオチャットで会議をしたり、出かけない方向に進んでいると言ったら、曾祖母はどういう反応をするだろう。

そう考えていると、曾祖母は笑いながら振り返った。

「テレビ電話とかもあるの？」

「それはもうありますね」

「へえー……」

もっと動揺してもいいと思ったのに、曾祖母は簡単に受け入れた。駅が近づいてくる。

「えーと、自動券売機と自動改札は知ってますか?」

「何言うてんの。そのくらい知ってるわ」

それは七十年代にはもう存在していたらしい。

券売機で切符を買って、曾祖母に渡す。たしかに彼女は迷わずに自動改札を通った。

駅では多くの人が電車を待っていた。曾祖母が小さい声で尋ねる。

「みんな小さいカメラみたいなん持ってる」

「携帯電話です。スマートフォンとも言います」

「へえ、スマート」

スマートだけでは意味は通じないとも思うが、わざわざ説明するのも面倒だ。ちょうどやってきた電車に乗り込む。

エアコンの効いた電車で、ようやくひと息ついた。

「あんたは凍滝《いてたき》で働いてるんやろ?　あとは小枝《さえ》と、清実《きよみ》?」

「清実お祖母ちゃんは、もう仕事をやめてます」

「なんで?　身体でも壊したんかいな」

そう言われてあわてて、わたしは付け加えた。

「違います。元気にしてます。でも、今は母……小枝と、わたしと、それから尾形さんと」

「ああ、尾形さん、男前の。元気にしてはるの？」

「元気です」

どうやら尾形さんは若い頃男前だったらしい。

「それと他に、従業員の人もいて、充分人手が足りてるので、お祖母ちゃんはもう引退しています」

「ふうん……で、この子は？」

自分を指さす。つまり、つぐみのことだろう。

「大学に行っています」

「お芝居やってるんちゃうかったん？」

「大学行きつつ、お芝居やってるんです。来年エジプトに留学するかもしれないんです」

曾祖母は目を見開いた。

「エジプト？　なんでそんな遠いところに！」

「つぐみはアラビア語を勉強してるので……」

「えらい賢いねんなあ」

なんだか少し棘《とげ》のある言い方だ。

「わたしらのときは、女が学問なんかしたらろくなことがないって言われてたもんやけどな」

心臓がずきりとした。昔のことだ、今はそんな時代じゃないと言いたい。

だが、中学生のとき、数学の男性教師が言った。

「今は、女子の方が成績よくても、そのうち男子の方が伸びるから」

当時はわたしもまだ勉強が楽しかった。特に数学は得意な方だった。それが誇らしかったから、冷たい水を浴びせられたような気がした。

そのあと、ずっとその言葉が、わたしにまとわりついていた。

成績が下がるたびに、自分で「ああ、やっぱり」と思い、自分は凍滝を継ぐから、勉強ができなくてもいいのだと自分に言い聞かせた。

もちろん、その教師のせいにだけするつもりはない。

勉強をやめてしまったのも自分自身だし、凍滝を継ぐことを選んだのもわたしだ。いくら中学生のとき数学が得意でも、高校の数学は難しくて、全然手が出なかった。それもわたしの実力だ。

でも、教師がそんなことを言わないでほしかった。そんな不公平な呪いをかけないでほしかった。男子は、今成績が悪くても、これから自分は伸びるのだと思えて、女子はこれから成績が下がるのだと思わされるのなら、それはやはり呪いでしかない。

黙りこくってしまったわたしの顔を、曾祖母がのぞき込む。

「どないしたん？」

「なんでもないです。今でもいるから、そんなこと言う人」

「ふうん」

曾祖母は前を向いて座り直した。

「そやなあ。わたしかて、よう言われたわ。女やのに店仕切って、旦那さん放っておいて、そんなやから、浮気されたんやって」

曾祖母は声が大きい。まわりの人がちらちらとこちらを見ている。でも、見たいなら見ればいいと思う。

「その……ひいお祖父ちゃんはどんなひとだったんですか？」

「ひいお祖父ちゃん？」

「お父ちゃん……です」

曾祖母は少し笑った。

「男前やってんよ。最初は優しいて……そうそう、阪大《はんだい》出のインテリやってん。次男坊やったからうちに婿養子にきて……でも、あんまり働くことに向いてへんかってんな。それでもええと思ったんやけど」

はっとした。曾祖母はまだ曾祖父のことが好きなのかと思った。

裏切られて、亡くなって十五年経っても、まだ好きでいられるものなのか。わたしにはそんな気持ちはわからない。

「あんたのお父さんはどんな人？　小枝の旦那さんやね」

「優しいです。男前ではないけど」

「全然見かけへんね」

「仕事で東京に行っているんです。月に一回くらい帰ってきます」

「出稼ぎ?　大変やねえ」

今はそういう単語はあまり聞かないが、まあ実情としてはまったく違うわけではない。

電車が梅田に到着した。アナウンスを聞いて、曾祖母は立ち上がった。

第六章

駅を出て、歩道橋の上に立つと、はじめて曾祖母は驚いたような顔になった。

「ひゃー」

頭のてっぺんから出たような声。つぐみがこんな声を出すのを聞いたことはない。

「えらい新しいビルがようけ建ってんねんなあ」

少しだけほっとしている自分に気づく。これまで曾祖母は街の変化に対して、さほど驚いているようには見えなかった。梅田はさすがに様変わりしているようだ。

無理もない。わたしが子供の頃からもずいぶん変わっている。知らない新しいビルや、商業施設が増え、新しい店も増えた。それでも、子供の頃の方が賑わっていたような気もする。

ここ数年で、外国人の観光客が急に増えた。つぐみにそのことを言うと、「日本の物価が安くなったからね」ということばが返ってきた。

そうなのだろうか。だとすれば、日本から海外に行くハードルはどんどん上がっていくことになる。

バブルなんて経験したことはないけれど、女子大生がヨーロッパでブランドものをたくさん買っていた、などという話は、人から聞いたり、小説などで読んだりする。同級生や友達で、大学に進学した子も、そんな生活はしていない。

わたしたちは少しずつ貧しくなっていっているのだろうか。考えると、胸が痛くなる。

「あれは阪急百貨店やね。ちょっと変わったけど」

ようやく見覚えのある建物を見つけたらしく、曾祖母の顔がほころぶ。

「大阪駅はどこ？」

尋ねられたので、「あそこ」と指さす。大阪駅は七年前くらいに改装が終了した。エスカレーターが剝《む》き出しになっていて、上の方からホームを見下ろすこともできる。開放感があって、わたしは改装後の方が好きだ。

それを曾祖母に見せたくて、言ってみる。

「見に行く？」

「ええわ。それより、北新地に行くわ」

軽くいなされてしまった。わたしたちは歩道橋を北新地の方に向かって歩き出した。大阪駅から北新地までは、歩いて十分くらいかかる。大きなジュンク堂があるから、たまに行くが、それ以外ではほとんど行くことのない地域だ。

飲み屋やクラブやバーなどがひしめき合っている。

成人して働いてはいるが、こういう場所に来ることはないし、来たいとも思わない。たぶん、一生縁が無い場所だろう。自分が働く立場になることがないとは言えないが、愛想も悪いし、美人でもないから、向いているとは思えない。

曾祖母はきょろきょろあたりを見回しながら歩いている。ときどきすれ違う人にぶつかりそうにもなる。

見た目は若い女の子だから、だれも彼女を気遣ったりしない。わたしは曾祖母を置いていかないようにゆっくり歩く。

「あのビルは知っている」

たまに古いビルを見ると、曾祖母はそう言う。少しだけ、当時の大阪の姿が見えるような気がした。

本町《ほんまち》や北浜《きたはま》には、古いビルがたくさん残っている。あのあたりならば、曾祖母もリラックスして歩けるのかもしれない。

もっとも、建て替えられたビルだってたくさんあるのだろうけど。

曾祖母が足を止めた。なにも言わずに路地に入る。

「ここ曲がるんやったかいな……」

ずんずん歩いて行く。昼間だから、人通りも少なく、店はまだ開いていない。勢いで来てしまったが、綾乃さんを知っている人になど会えそうもない。

とりあえず、住所だけでも確認できれば、登記簿を探したり、古い地図を図書館で見たりはできるはずだ。

「あかん、ここちゃうわ。もうひとつ先やったかな」

曾祖母はひとりでそう言って戻っていく。なんだか弾丸みたいな人だ。

後ろを歩きながら考える。わたしより、つぐみに似ているのではないか、と。

だいたい、自分ひとりで戦後、和菓子屋を開いて、頑張るなんて、どう考えてもわたしよりもつぐみのキャラだろう。わたしは与えられた仕事を黙々とこなすようなタイプだ。

曾祖母が古いビルの前で、足を止めた。築七十年くらいにも見える。レトロビルと呼ぶには、風情《ふぜい》のない雑居ビルだった。

「ここやったかいな……」

ビルの通路にはビールのケースが山積みになっている。一見《いちげん》さんはなかなか入りにくい。

「何階か覚えてますか？」

「三階や。エレベーターが故障してて、ふうふう言いながら歩いたから」

わたしは携帯電話でマップを表示して、場所を保存した。これで住所はいつでもわかる。

ひとつの階に、店はひとつしかない。空室もあるが、三階には〈スナック・チコ〉という店名が書いてある。ママさんがチコさんなのだろうか。綾乃さんではなさそうだ。

見れば、ビルの前に小さな看板が出ていた。

「間借りカレー　アマテラス」

あきらかにマジックの下手な文字で、そんな名前が手書きされていた。その下に赤のマジックで、３Ｆ！　などと付け加えられている。

間借りのくせに、アマテラスというのはなかなか厚かましい感じだが、看板が出ているということは、営業しているということだ。

間借りの人でも、話は聞けるかもしれない。

エレベーターは動いていたが、閉じ込められることを心配してしまいそうなレベルで古い。ドアが閉まるときも、動くときもガタンと大きく揺れるので、動き出すときだけ動作の大きい老人のようだ。

エレベーターを下りると、ぷん、と、スパイスの匂いが漂《ただよ》ってくる。一体になったカレー粉の匂いではなく、いろんなスパイスがそれぞれ存在を主張している。

「このドアや」

木製の、重そうなドアを見て、曾祖母は頷《うなず》いた。わたしは深呼吸してドアに手をかけた。

ドアを開けると同時に、甲高《かんだか》い男性の声が聞こえてきた。

「すみませーん、十一時からなんですよー」

見ればひょろひょろに痩せた男性が、カウンターの中でこちらを見ている。長髪にチューリップハットと、バンドかなにかのTシャツ、たぶん下半身はベルボトムではないかと思う。見た目、二十代か若く見える三十代だと思うが、七十年代からタイムスリップしてきたかのようだ。

「あの……カレーじゃなくて、ちょっとここのオーナーさんか、長く働いている人に連絡を取りたいんですけど、何時くらいに出直してきたらいいですか？」

男性は目をぱちくりさせて、しばらくわたしと曾祖母を見た。

「調理しながらでいいなら今でもいいっすよ。ごはんが十一時に炊けるだけなんで」

彼はお水をふたり分出してくれた。ウォータージャグにはライムが浮いていて、気配りがされている。カレーも美味《おい》しそうな気がしてきた。

「あの、こちらのオーナーさんと連絡取るにはどうしたらいいかわかりますか？」

「うーん、オーナーは千寿子《ちずこ》さんなのかなあ。ぼくはママに許可をもらって、週三回カレーを作らせてもらってるだけなので、あんまりよくわからないんですよね」

なんだか頼りない。

「賃料とかは、どうしてるんですか？」

「やー、間借りですから払ってないんですよね。まだ先月からはじめたばかりだし」

へらへら笑っているので、不安になる。経理や確定申告はどうしているのだろう。普通は間借りでも賃料を払っていると思う。

メニューが目に入る。カレーは二種類。今日は、青唐辛子の豚キーマと、夏野菜のカレーだ。今度、友達とこようと心に誓う。

「千寿子さんというのは、〈スナック・チコ〉のママですよね。おいくつくらいですか？」

「五十代くらいかなあ。ママに会いたいなら夜こないと」

勢いでやってきてしまったが、彼の言うことは正しい。だが、五十代なら、綾乃さんと働いていた時期がかぶっている可能性もあるかもしれない。もしかしたら、綾乃さんから店を引き継いだかもしれない。

「ママに会ってどうするんですか。働く……ようにも見えないし」

「ここで昔働いていた人を探しているんです」

そう言ったのは曾祖母だ。敬語になっても、アクセントは大阪弁のままで、そこがつぐみとは違う。

「昔って、どのくらい昔」

曾祖母は妙な顔になった。そしてわたしを見る。

「今、何年って言うてたっけ」

「二〇一八年」

「じゃあ、五十八年前。そこからもっと働いてたかもしれんけど」

彼は目をまん丸にした。

「えーと、それは、さすがに千寿子さんも生まれてない……かな？　生まれてるかもしれないけど、スナックで働いてはいないと思う」

わたしはあわてて補足した。

「千寿子さんが、ここで長く働いていた人を知っているか、オーナーさんが他にいるなら、その人からわかるかなと思ったんですけど、千寿子さんはここは長そうですか？」

「昭和からここで働いてると言ってるから、三十年くらいは経ってると思うけど……まあ年齢は聞きにくいから」

それはそうだろう。だが、千寿子さんが綾乃さんを知っている確率は少し高くなった。もし、綾乃さんが三十年以上、このスナックで働いていたなら、千寿子さんと同じ時期を過ごしている。従業員なら、ひとつのお店で三十年以上働くことは少ないかもしれないが、ここは綾乃さんのお店だったと、曾祖母は言っている。ならば可能性はある。

彼はカウンターの端を指さした。

「そこにお店のカードがあるから、電話ででも聞いてみたら？　さすがに女の子ふたりで夜の北新地をうろうろするのは気が進まないかもしれないし」

曾祖母は、わたしの耳に顔を寄せて「女の子やて」と言った。今のあなたは女の子です、と思ったけど、口には出さないで、カードを取った。

「でも、ママは優しいから、いきなり店にきても忙しくなければ話をしてくれると思うよ」

でしょうね、と思う。賃料無しで間借りさせてあげるくらいだ。それとも千寿子さんという人も、この人と同じくらい、浮き世離れしているのだろうか。

「ありがとうございます。とりあえず電話してみます」

そう言って立ち上がろうとしたとき、炊飯器から声がした。

「ごはんが炊けました」

曾祖母が飛び退《の》く。

「炊飯器が喋った！！！」

彼はぷっと噴き出した。

「なんだ、きみ、喋る炊飯器はじめて見たの？　今は風呂も喋るだろ」

曾祖母は首をぶんぶんと横に振った。

彼は、カウンターに肘をついて、言った。

「ねえ、もし、食べたあと、ＳＮＳかなにかで口コミ書いてくれるなら、カレー奢るけど、食べてく?」

彼の作るカレーは、びっくりするほど美味しかった。


アマテラスでカレーを食べて、下に降りると、曾祖母が言った。

「コーヒー飲みたいわ」

頭の中で勝手に、古い時代の人は緑茶を飲み、和食を食べているのだとばかり思っていた。

曾祖母は、夏野菜のカレーも「なんやこれ、珍しいな」と言いながら、残さず食べたし、食べ終えて美味しかったと言っていた。

わたしたちは、大通りに面した喫茶店に入った。まだランチタイムには少し早いから空いている。

コーヒーを飲みたいと言ったのに、曾祖母はメニューをじっくり読んで、ロイヤルミルクティーを頼んだ。わたしはなんだか疲れてしまって、メニューも見ずに、アイスのカフェオレを頼む。

「帰ったら、電話するんやろ。なんやったっけ。千寿子さんという人に」

「夕方以降にね。昼間はまだ出勤してへんやろうから」

曾祖母と話していると、自分も大阪弁がスムーズに口から出てくる。

注文した品が運ばれてくる。曾祖母はふうふうと息を吹きかけて表面を冷まし、ロイヤルミルクティーを飲んだ。

「いやっ、これ、美味しいわ。こんなんはじめて飲んだ」

喋る炊飯器、ロイヤルミルクティー、スパイスカレー、トーストとコーヒー。四十年前に当たり前のように存在しなかったものと、存在したものが明確に分類されていく。

ふいに目の前の彼女が、本当に曾祖母なのか、信じがたくなっている。演技の上手いつぐみが、わたしをかついでいるのではないだろうか。

運命線も、ふくら雀のねりきりを上手く作れることも、なにか理由があるような気がしてくる。

だが、それをどうやって確かめればいいのだろう。

ロイヤルミルクティーを半分ほど飲むと、彼女が口を開いた。

「で、小梅。あんたが凍滝《いてたき》を継ぐの？」

父はもちろん、母からも確認されたことなどない。なんとなく、自分が継ぐことになるのだろうなとは思っているが、そんなのはその場になってみないとわからない。凍滝がいつまでも、今のような状態でやっていけるかどうかもわからないし、十年後や二十年後、和菓子なんて、誰も食べなくなる世界がやってくるかもしれない。

「たぶん……」

それでもそう答えてしまったのは「継がない」という意思があるわけではないからだ。和菓子は好きだし、作りたいものもある。もう少し勉強して、新商品も作ってみたい。

曾祖母は満足げに頷いた。

「そう。やったら、はよ、お婿《むこ》さんもろて、子供作らんとね。年取って子供産むと、また前のように働けるまで、時間がかかるから」

はっとした。祖母は五人きょうだいの末っ子だ。この人は、五人もの子供を産んで、育ててきたのだと思うと、その力強さに目眩《めまい》がするようだった。

だが、わたしの人生を勝手に決めつけないでほしい。

わたしは低い声で答えた。

「結婚するかどうかもわからないし、そんなのそのときになってみないとわからない」

曾祖母は目を見開いた。

「なんでや。あんた病気でもあるんかいな」

喉が渇く。つぐみではない。つぐみだったら、絶対こんなことは言わない。わたしを騙《だま》したいと思っていたとしても。

アイスカフェオレを飲み干して、わたしは曾祖母をじっと見た。

「どないしたん。怖い顔して」

あのことを、彼女に告げたら、どんな顔をするだろう。そう思った瞬間、口が動いていた。

「榊《さかき》さん、知ってる？」

「なにを？」

わたしは深呼吸をする。

「わたしのお父さん、在日韓国人二世なの。だから、わたしは半分韓国人なの。国籍は日本人だけどね」

彼女の目が大きく見開かれる、ありえないことを聞いた、という顔になる。

ああ、やはり、つぐみではない。つぐみなら演技でもこんな反応はしない。

「嘘やろ……？　からかっているんやろ？」

さすがに、今、わたしのまわりにこんな反応をする人はいない。だから少し笑い出したくなる。

「なんで、小枝がそんな人と……」

わたしは財布から、千円札を出してテーブルに置いた。そのまま席を立って、喫茶店を出る。


ずっと差別されてきたと言えば、嘘になる。

わたしは少なくとも、日本人の国籍を持っていて、自分から言わなければ、人に知られることはない。

親戚や友達で、そのことを知っている人はいるけど、表だって、ひどいことを言われたことはない。

それでも、インターネットなどで、韓国人を差別する言葉を見ると、心を尖ったもので引っかかれたような気持ちになる。この世界そのものが信じられなくなる。

買い物に行った先の店員、病院の医師や職員、なにより、うちの店にくる客の中にも、そんなことを口に出したり、思ったりしている人がいるかもしれない。街中ですれ違う人の中で、憎悪を心に秘めている人がいる。

そして、そういう人たちは、わたしが日本国籍を持っていようが、母親が日本人だろうが、気にせず憎悪を向けるのだろう。いや、たとえ、そういう人に日本人だと認めてもらったとしても、うれしくもなんともない。

初めて会った人と仲良くなるときも、警戒心はいつも抜けない。この人は差別する人かどうか、窺《うかが》いながら少しずつ仲良くなるしかない。

悪気のない言葉にさえ、小さな棘が潜んでいる。

小学生だったとき、仲のよかった紗子《さえこ》に、父親のことを話した。そのとき、紗子はこう言った。

「えー、なんで？　小梅のお家って、和菓子屋さんだよね。変なの。だったら韓国のお菓子を売ればいいのに」

彼女が言ったのはそれだけで、そのあとも一緒に遊んだし、今でも友達だ。怒っているわけでも、憎んでいるわけでもない。彼女は子供で悪気がなかったことも理解している。

それでも、その棘は、いつまで経っても抜けないのだ。

一方で、父方の親戚などと過ごすときも、疎外感と罪悪感を覚えてしまう。

自分が母方の姓で生きていることや、在日韓国人とのつながりを持っていないこと、韓国語もちゃんと喋れないこと。

父も日本生まれで、韓国語は第一言語でもなく、英語よりも下手にしか喋れないと言っている。つぐみだけは、真面目にラジオの韓国語講座などを聴いて、勉強していた。たぶん、父よりも話せると思う。

そして、つぐみの方がわたしや父よりも、差別に対して怒っている。

父は、わたしたちの前では柔らかく受け流して呑み込み、わたしは自分の立場を決めかねている。

つぐみはいつも、ストレートに怒りを表明する。

だから、演技だとしても、つぐみがあんなことを言うはずはない。

梅田の駅まで怒りにまかせて歩いてきて、さすがに少し気持ちが落ち着いてきた。

祖母はもちろん、差別をするようなことを一切言わないし、両親の結婚も反対しなかったと聞いている。わたしたちが未来、結婚をするかどうかという話をするときも「もし、いい人がいたらね」と必ず前置きする。

だから、曾祖母があんなふうに言ったことがただただショックだった。

だが、明治生まれの人なんて、そんなものかもしれない。しかも、時間をかけて、価値観を修正する機会もなかったのだ。

怒っているし、曾祖母のことは少し嫌いになった。前のように接することはできない。

だが、喫茶店に置いてきたのはやりすぎだった。

彼女は、この世界に慣れているわけではない。

わたしは大きく深呼吸をした。戻ろう。そして、あらためて、彼女の言葉に抗議しよう。わかってくれなくても、自分の言いたいことを言おう。

方向転換して、早足で喫茶店に戻る。

なのに、彼女はもうそこにはいなかった。

パニックを起こしそうになるのを堪《こら》えて、ウエイターの人に尋ねる。

「あの、ここにいた女の子、いつ頃出て行きましたか?」

「えーと、十分くらい前だったかな」

しまった。出て行ったばかりなら、近くにいるかもしれないが、十分も経っていれば、ずいぶん遠くまで行ってしまったかもしれない。

わたしは礼を言って喫茶店を出た。

戻ってくる間には、会わなかったが、道はいくらでもあるし、間違えて反対方向に行ってしまった可能性もある。

わたしは携帯電話を取り出して、つぐみの電話番号を呼び出した。

呼び出し音は鳴るが、電話には出ない。

わたしは頭を抱えた。せめて、携帯電話の使い方を教えておけばよかった。今の彼女では、電話が鳴っていることに気づいても、出るのは難しいかもしれない。

ともかく、探そう。駅の方に向かえば会えるかもしれない。

この時代に慣れていなくても、曾祖母には土地鑑はあるし、まわりの人に道を聞くこともできる。

なにも知らず、言葉も通じない外国にいるわけではないのだ。そう考えると、少し落ち着いてくる。

念のため、財布とＩＣカードを持たせたから、電車には乗れるし、タクシーだって乗れるだろう。

地下街に降りてみる。古くからあるようだから、曾祖母も知っているかもしれない。彼女はやたらに暑がっていたから、エアコンの効いた地下街に行きそうだ。

地下街を梅田の方に向かって小走りに通りぬけるが、曾祖母の姿は見つからなかった。駅に到着してしまったので、もう一度電話をかけた。

やはり反応はない。

（大丈夫だよね……）

気が付けば、全身が汗だくで、喉がカラカラだ。次はどうすればいいのだろうか。

わたしはしばらく考えて、交番に向かった。


もしかしたら、先に帰っているかも、という希望を抱いて、家に帰ってきたが、曾祖母の姿はなかった。

念のため、店に電話をかけてみる。電話には母が出た。

「ねえ、つぐみ、そっちに行ってない」

「なんで、つぐみが店にくるの？　なんかあったの？」

わたしはぎこちなく笑った。

「一緒に梅田に行ったんだけど、はぐれちゃって、携帯も通じないし……」

「梅田？　だったら大丈夫でしょ。適当にうろうろして帰ってくるでしょ」

もし、本当につぐみなら、わたしだってそう言うだろう。まだ午後の三時だ。帰ってこないからといって心配するような時間ではない。

「うん、じゃあ、また夜ね。ごはん作っとく」

そう言って電話を切る。

交番には、「妹が長い海外生活から帰ったばかりで、携帯の使い方も、日本の風習もよくわからない状態で迷子になってしまった。日本語は通じる」と相談した。「日本語が通じるなら問題ないでしょ」と、笑われたが、迷子として保護されたら、わたしの携帯電話に連絡がくることになっている。

だが、まったく落ち着かない。買い物に行っている間に、家に電話があっても困るので、ツナ缶などを使ってあり合わせの夕食を作ることにする。

何度も携帯電話をチェックしながら、最悪のケースを想像して落ち込んだり、楽観的になったりを繰り返して、二時間ほど経ったときだった。

一階の玄関から、聞き慣れた声が聞こえた。

「ただいまあ、玄関、開けてんか」

わたしは階段を駆け下りて、玄関の鍵を開けた。

そこには、大きな荷物を抱えた曾祖母がいた。

安堵《あんど》で、全身の力が抜ける。「なにしてたの！」と怒りたい気持ちを堪えた。彼女をひとりにしたのはわたしだから、怒る権利などない。

「よかった……無事で……」

「当たり前や。子供とちゃうんやから」

「帰り道もわかった？」

「わかってるわ。梅田くらいひとりで歩ける」

荷物を見ると、どうやら百貨店に行って、買い物をしてきたらしい。曾祖母は、どっこいしょ、と言いながら、百貨店の紙袋をちゃぶ台の上に置いた。

「見たことないきれいなものがたくさんあったわ」

ちゃぶ台の上に出されたのは、野苺《のいちご》の模様のティーカップ、白熊が持ち手に寝そべってい
るマグカップ、薄いガラス製の一輪挿し、レースの縁取《ふちど》りのタオルハンカチなどだ。

わたしは目を見開いた。

「えーと、お財布の中にそんなにお金あった?」

タオルハンカチやマグカップはまだしも、ティーカップはかなり高そうだ。

「なんかお店の人が、カードも使えるって」

おお、神様。

「レシートもらった? 見せて」

「ん」

曾祖母は、財布からレシートとカードの明細を取り出した。どうやら、トータルで四万円く
らいだ。痛いが、わたしがつぐみに弁償するしかない。

曾祖母の機嫌がいいので、なんだか拍子抜けだ。

「他になにかした?」

「なんやら、タピオカとかいうの飲んだ。若い子が並んでたから、『なんで並んでるのん?』

って聞いたら、『めっちゃ美味しい』って言うから。美味しかったけど、なんや上手く飲まれ
へんで、底の方に粒だけが残ってもうたわ」

「はあ……」

「写真も撮ってもらったで」

曾祖母はそう言いながら、携帯電話を取りだした。

「どうやって見るんかな？」

わたしは彼女から携帯を取り上げて、カメラロールを表示した。そこには、タピオカミルクティーと一緒に笑う、彼女がいた。これもつぐみなら絶対やらないと思う。

見れば、知らない女の子たちと一緒に写真を撮っている。

「この子たちは？」

「一緒に並んでた子ら。仲良うなってん。なんか、インスタ？　がどうとか言ってた」

この写真が、インスタグラムにアップされるということだろうか。特に問題はないだろうが、つぐみが見たら卒倒するかもしれない。

曾祖母は、ふうっとためいきをついた。

「なんや、きれいなものや、新しいものや、可愛らしいものがたくさんあるんやなあ。きんつばや大福なんて、どんどん忘れられてしまうんかなあ……」

「今はまだそんなことないけど……」

そう言いながらも、わたしだって未来のことはわからない。

曾祖母ははっとしたように、紙袋から箱を取り出した。

「そうや。きんつば買《こ》うてきてん。まだあの店あるかなあと思ったら、あったから」

「なんで、うちできんつば売ってるのに、きんつば買ってくるの？」

そう言ってしまったが、わたしもよく知っている。梅田にある老舗《しにせ》のきんつば屋のきんつばは、とても美味しい。

箱を開けると、小ぶりなきんつばが十個並んでいる。わたしはお茶を淹れるために台所に向かった。

曾祖母は声を張って、台所にいるわたしに話し続けた。

「仲良うなった女の子が言うてたわ。今は、人に結婚せえとか言うたらあかんねんてな。家がどうたら言うたらあかんねんてな。個人の自由やって」

お湯を沸かしながら、わたしは黙って、彼女の話を聞く。

「わたしなんか、家のため、夫のため、子供のため、そんなんばっかりや。自分の時間なんかあらへんかったし、お父ちゃんは家に帰ってけえへんようなるし。言いたいことは誰にも聞いてもらわれへんし……」

少し涙声のような気がしたから、振り返ることができなかった。代わりに言った。

「でも、凍滝はまだ残っている。わたしやつぐみもここにいる」

「せやね」

洟《はな》をすするような音と同時に、彼女はそう言った。

お茶を淹れて、部屋に戻ると、曾祖母はちゃぶ台に突っ伏して、寝息を立てていた。

わたしは彼女の手をとって、掌を見た。

運命線が、まるで滲《にじ》むように薄くなっていった。

第七章

その夜のつぐみは、なんだかぼうっとしているようだった。

母が話しかけても、生返事ばかりだった。母の「梅田はどうやった?」という質問も「うん、まあ」などと受け流したので、わたしは嘘をついた言い訳をしなくて済んだ。

ツナ缶とじゃがいもを混ぜて焼いたスペイン風オムレツと、オーブントースターでグリルしたピーマンやししとうという夕食を食べながらも、つぐみはどこか眠そうな顔をしている。

曾祖母になることで、どこかにダメージがあるのでなければいいのだが。

「熱中症だったのかなあ」

つぐみは生あくびをかみ殺しながら、そんなことを言った。母が驚いたような顔になる。

「熱中症?　大丈夫なの?」

「うん……今は気分悪くないから大丈夫だと思うけど、なんか今日やけに暑かったし、なにやってたかあんまり覚えてないんだよね」

「今日は早めに休んだら?　あまりに調子悪いようなら病院行きなさい」

「うん、そうする」

ふたりの会話を、わたしはびくびくしながら聞く。なにをやってたか覚えていないと言われたときにはどきっとしたが、母はあまり重大に捉えなかったようだ。

夕食を食べ終えた後、母は食器を洗い、わたしは風呂を洗った。風呂の掃除を終えると、つぐみの部屋に行く。

「つぐみ、お風呂先入る？」

彼女は机の前に座って、自分の手首をじっと眺めていた。

「後でもいいけど……」

「先入りなよ。具合悪いんでしょ」

つぐみはくるりと椅子をまわしてこちらを向いた。

「もしかして、ひいお祖母ちゃんがきてた？」

投げかけられた問いに、わたしは困惑する。つぐみはこれまで、曾祖母が自分の身体を乗っ取っていることを信じていなかった。

「なんで……？」

それがわかったの？　と尋ねる前に、つぐみは手首をこちらに見せた。

細いチェーンのブレスレット。シルバーで、菫《すみれ》のチャームがぶら下がっている。紫のカラーストーンは少し安っぽく見えるが、きれいなのはたしかだ。

つぐみの好みではない。曾祖母が買ったのだ。

「なんか古い！」

つぐみは曾祖母の好みを一刀両断した。思わず笑ってしまった。明治女だから古いのは仕方ない。

「ごめんね」

そう言うと、彼女は驚いた顔になった。

「なんで小梅が謝るの？」

「だって、わたしがひいお祖母ちゃんを梅田に連れて行って、喧嘩《けんか》して置いてけぼりにしたから」

「えっ、置いてけぼりにしたの？　大丈夫だったの？」

「全然大丈夫だったらしい。買い物して、タピオカミルクティー飲んで帰ってきたみたい。スマホに写真入ってるよ」

スマホを確認したつぐみは、「げ」と一言発した。

「わたし、こういうことするキャラと違うのに……」

わたしもそう思う。

「それと、もうひとつごめん」

そう言いながら、わたしは曾祖母が買い物をしたレシートをつぐみに渡した。

「うわっ、散財。でも、なんでごめんなの？」

「ひいお祖母ちゃん、つぐみのクレカ使ってる」

「うわーっ、それは困る」

さすがにつぐみの顔から血の気が引いたので、わたしはあわてて言う。

「弁償する。それはわたしが弁償する。つぐみの財布を持たせたのはわたしだし」

「えっ、でも、それは小梅が買ったわけじゃないんでしょ」

「うん、でも、物そのものは、わたしの部屋にあるし……」

ティーカップもマグカップも、タオルハンカチもわたしが使えばいい。曾祖母はどう言うかわからないけど。

「いいの？」

わたしは頷く。つぐみのアルバイト代は、お芝居と留学の準備に注ぎ込まれているから余裕などないはずだ。わたしは社会人だから、つぐみよりはお給料をもらっているし、ボーナスだって少しだけどもらった。振り込みだから、母からもらっているという感覚は薄い。

「今はそんなに持ってないから、銀行から下ろしておく。クレカの引き落としまでで大丈夫でしょ」

「ありがと、助かる」

つぐみはためいきをついて、わたしを見た。

「それで、なんで、お姉ちゃん、ひいお祖母ちゃんと喧嘩したの？」

わたしは笑ってごまかした。

つぐみがなぜ、唐突に、曾祖母の存在を受け入れたのかはわからない。だが、曾祖母が出現するたび、つぐみは記憶をなくしているわけだし、写真という証拠もある。否定することに疲れたのかもしれない。

だが、なんとかしないといけないとは思う。

曾祖母の心残りを解決すれば、安らかに眠りについてくれるだろうか。

このままでは、カイロのど真ん中に、明治女がいきなり現れることになってしまう。

まあ、それでもあの人なら、なんとかなってしまうのかもしれないけれど。

十二時半を過ぎたあたりで、客足がぴたりと止まった。

ときどき、こんな時間がある。店そのものが世界から弾き出されたように静かになってしまう。前を通る人はいるのに、店のことは見向きもしない。

だいたいの場合は、一時間くらい経つとさっきまでの空白が嘘のように、日常に戻る。まれに、一日続くこともあり、午後から工房の作業を止めたりする。

そういうとき、思う。

きっと忘れ去られるときは、これが起こる間隔が少しずつ短くなるのだと。

いきなり劇的に世界が変わるわけではなく、ちょっとずつ、ちょっとずつお客さんの意識から凍滝《いてたき》のお菓子が遠くなっていって、前を通っても買いたい、食べたいと思わなくなっていく。やがて、店の存在がただの風景みたいに変わってしまうのだ。

風景になっても、そこに存在できればいいのだが、原材料も買わなければならないし、尾形さんと真柴さんにはお給料も払わなければならない。

うちはこの店そのものが、曾祖母の代から受け継がれたもので、家賃を払わなくてもいいから、まだ少し楽だ。

そう考えると、曾祖母の頑張りによって、曾孫のわたしだって恩恵を受けているわけだ。だからといって、曾祖母の発言すべてを許せたわけではないけれど。

早く過去の人になってもらわないといけない。つぐみのためにも、そしてわたしの怒りのためにも。

もうこの世にいない人だと思えば許すこともできるし、怒り続けることはできない。

綾乃さんが持っている手紙を手に入れれば、曾祖母はつぐみの中から消えてくれるだろうか。消える前にもう少しだけお菓子のことを教えてもらいたい気はするけど。

そんなことを考えていると、のれんをくぐって六十代くらいのふっくらした女性が入ってきた。

前によくきてくれていた淀川《よどがわ》さんだ。半年以上会っていない気がする。

「いらっしゃいませ」

つい「ご無沙汰してます」と言いたくなるが、グッと堪える。販売員とお客様の関係では使えないことばだ。

前は大福や三笠《みかさ》まんじゅうをよく買ってくれていた。淀川さんはにこにこしながらショーケースをのぞき込んだ。

「ひさしぶりやわあ。三笠まんじゅうみっつちょうだい。箱で」

「あ、はい。ありがとうございます」

前は五つも六つも買ってくれていた。環境が変わったのかもしれない。

わたしは三笠まんじゅうをみっつ、箱に入れた。

他の地方ではどらやきと呼ばれるお菓子だが、関西では昔からこの呼び名の方が身近だ。奈良の若草山《わかくさやま》には三笠山という別名があり、なだらかな起伏がその三笠山を連想させるからだろう。

淀川さんは、いつもお連れ合いと一緒だった。なにげなく聞いてみる。

「お父さんはお元気ですか？」

淀川さんは大げさに顔をしかめて見せた。

「それやねん。しばらくこられへんかったのは」

箱を包みながら尋ねた。

「どうかなさったんですか？」

「糖尿病。いや、前から検査では言われてたんやけど、生活習慣病やし、気をつけなあかんねえと言って、ちょっとごはん減らしたり、そんな感じやったわけよ。それがいきなり昏倒《こんとう》して、救急車で運ばれて」

「ええっ！」

「まあ、しばらく入院治療して、今は家におるんやけど、それでも糖尿病って怖いんやね。きちんと治療しないと、失明とかの可能性もあるんやて」

「それは大変な……お大事にしてくださいね」

「でも、だから、前みたいに、ここのお菓子をあんまり買いにこられへんの。わたしだけでも、とは思うけど、あの人、ここの大福と三笠が大好きで、二、三個ぺろりやったから、ひとりだけ食べるのはねえ……。今日は従姉妹《いとこ》の家に行くから、手土産に持って行って、わたしもいただこうと思ってたところ」

「そうでしたか……」

まだ自分が若いから、好きだった物を食べられなくなることがあるなんて、想像していなかった。ダイエットだから甘い物を我慢するという話は、友達から聞くけど、それはあくまで期間限定だ。

きゅっと胸が痛くなった。凍滝のお菓子が好きな人に食べてもらえないのは悲しい。

「まあ、お正月とお彼岸には食べてもええんちゃうって言うてるんやけど」

「本当にお大事にしてください」

わたしは包んだ箱を紙袋に入れて渡した。

「またくるから、なくならんといてね」

淀川さんが、そう言って出て行った。心の底からありがたいとは思うが、先ほど考えていた通り、風景になっても生き延びていけるわけではない。霞《かすみ》を食べる仙人か、幽霊にでもなれば、誰もお客さんがこなくてもお菓子を作り続けられるだろうか。

もしかすると、わたしが気づかないだけで、どこかに幽霊のお菓子屋さんが存在しているのかもしれない。


その日は母が早上がりで、わたしは真柴さんと閉店準備をした。

〈スナック・チコ〉は夜七時から深夜二時までの営業だが、何時くらいに電話するのがいいのかわからない。オープン前から人はいると思うが、電話が通じるかどうかは別だ。たいていの飲食店は夜七時から九時くらいまでが忙しい時間のはずだが、スナックとなると、食事をしてから行く人がほとんどだろうから、遅くずれるのではないだろうか。

結局、わたしは七時に店を閉めて、すぐに電話をすることにした。さすがにオープン直後がいちばん忙しいというわけではないだろう。

「はい、スナック・チコです」

華やいだ女性の声で、電話は取られた。顔も見えていないのに、なんだか香水の匂いと笑顔が感じられるようだ。

わたしはおずおずと話をした。

「あの……千寿子《ちずこ》さんはいらっしゃいますか？　アマテラスの店長さんにお店のカードをもらったんですけれど、少しご相談がありまして……」

「え？　面接希望の子？」

口調が急に砕けるが、感じが悪いわけではない。

「いいえ、違います。個人的なお話……瀧乃と申します。千寿子さんのことは直接存じているわけではないんですけど……」

「ん、ちょっと待ってね。ママー、なんか個人的なお電話」

とりあえず、取り次いでもらえたことにはほっとする。

「はい？」

語尾上がりだが、落ち着いた女性の声だ。わたしは怪しまれないようにゆっくりと話した。

「はじめまして、わたしは瀧乃小梅と申します。お店の電話番号は、アマテラスの店長さんから教えていただきました」

「はいはい、ジュンちゃんね。面接希望の方？」

やはりそう聞かれる。

「違うんです。実は以前そちらのお店で働いていた綾乃さんという方に連絡が取りたいんです。昨日の昼間、お店に直接行って、アマテラスの店長さんに会いました」

「えー、綾乃さん？　知ってるけど、でも、そんなの勝手に教えるわけにはいかないよ。当然だけど」

全身の力が抜ける。千寿子さんの言うことはもっともだ。だが、なにより綾乃さんを知っている人がいることにほっとした。まだ彼女は生きていて、辿り着けない場所にいるわけではない。

「もちろん、そうだと思います。ご存命なんですよね。よかった……」

「うん、元気にしてるよ。瀧乃……さんだっけ、あなた綾乃さんのお知り合い？」

「えーと、わたしじゃなくて、わたしの曾祖父が……」

「ひいお祖父ちゃん？　めっちゃおもしろいやん。ひいお祖父ちゃんお元気なん？」

「いえ、もう亡くなってます」

「ふうん、なんや、ややこしそうな話やね」

それでも千寿子さんは、積極的に話を聞いていてくれる。不審に思っているのかもしれないが、それを表には出さない。

「連絡先をいきなり教えろというのが、不躾《ぶしつけ》なのはわかります。なので、わたし、綾乃さんにお手紙を書きます。それを送っていただくことってできますか？」

「それやったらええけど……それにしたって、綾乃さんの返事を聞かないと。瀧乃、なんておっしゃるの？」

「瀧乃小梅です」

「そうじゃなくて、ひいお祖父ちゃんのお名前」

「瀧乃禎文《さだふみ》です」

「おっけー。サダフミさんね」

メモを取っている気配がする。

「じゃあ、これから聞いてみるから、明日か明後日以降にまた電話くれる?」

「はい、ありがとうございます! 時間、このくらいでいいですか?」

「そうね。九時までが助かるかな」

お礼を繰《く》り返して、電話を切る。少なくとも一歩前進だ。綾乃さんはお元気で、そして、行方がわからない場所にいるわけではない。

曾祖母が聞いたら、喜ぶだろうか。連絡を取る術《すべ》はないのだけど。


翌日電話をかけると、千寿子さんは思いもかけないことを言った。

「あのね。綾乃さん、わたしに代わりに話を聞いてくれって言うんよ。あなた、うちの店これる? もちろん、お代払えなんて言わないから」

わたしはごくりと唾を飲み込んだ。千寿子さんは感じがいいが、スナックにひとりで行くのはハードルが高い。

「妹と一緒に行っていいですか?」

「もちろん」

「じゃあ、妹と話して、お伺いできる日をまたお知らせします。千寿子さんは、いつもお店に？」

「うん、土日は休みだけど、それ以外の日はいるわよ。出勤が遅くなる日もあるから、知らせてほしいけど」

電話を切った後、わたしはつぐみの部屋に向かった。

「わたしやけど、今いい？」

襖越しに声をかける。ええよーという返事を聞いて、襖を開けた。

つぐみは机の前に座っていた、広げられている模様のような文字は、アラビア語だ。

日本語や英語の横書きと違って、右から左に書くのだとか、同じ文字でも単語の頭と単語の中程と終わりにあるのでは、字の形が違うのだとか、文字で書かれるのは子音だけで、それに付随《ふずい》する母音は記されず、つまりは覚えなければならないのだとか、つぐみから聞いただけで、とても習得できるとは思えない言語だ。

つぐみが、曾祖母のことを受け入れてくれたので、話が切り出しやすい。

「あのね。ひいお祖母ちゃんのことだけど」

わたしはこれまでのことを説明した。曾祖父が綾乃さんという女性のところで死んだこと。そのとき、曾祖母は曾祖父に手紙を渡していて、それが行方不明なのだということ。それを取り戻してほしいと曾祖母は考えている。

「それを取り戻したら、もう出てこないでくれるのかなあ」

「……わかんないけど」

それはわたしに聞かれても困る。

「でもさ、やっぱり留学先で、いきなりアラビア語も英語も喋れない明治女になっちゃうのは避けたいよね」

「それは本当にやだ……勘弁して」

わたしは本題を切り出した。

「綾乃さんのことを直接知ってる人を見つけたんだけど、綾乃さんの連絡先を聞くために、北新地のスナックで、このことを説明しないといけないの。ひとりで行くの不安だからついてきてほしい」

「えっ、北新地のスナック？　こんなことでもなければ行く機会がないから行ってみたい」

つぐみの返事にほっとした。やはり彼女は何事にも前向きだ。わたしとは全然違う。

「それはそうと、どうしてひいお祖母ちゃんのこと、信じてくれるようになったの？　あんなに否定してたのに」

そう尋ねると、つぐみは首を傾げた。

「うーん……なんかこの前、一緒にいる気がしたんだよね」

「この前？」

「お姉ちゃんとひいお祖母ちゃんが、一緒に梅田に行った日。ところどころしか覚えてないけど、なんかお姉ちゃんとも、ひいお祖母ちゃんとも一緒にいた気がした。ひいお祖母ちゃんがなんか困ってて、悲しそうだったのも覚えている。だから、小梅が喧嘩して置き去りにしたって聞いたとき、やっぱりと思った」

それを聞くと罪悪感が押し寄せてくる。曾祖母に会っても謝るつもりはないけれど。

つぐみは大きく伸びをした。

「でも、ちょっとげんなりした。先祖や家ってどこまでも付いてくるものなの？　わたしが全速力で逃げたって、後ろから追い掛けてくるの？」

どきりとした。つぐみがこの家から出て行きたがっていることには気づいていた。それでも、今すぐという話ではないと思っていた。

つぐみはわたしの表情に気づいたのか、あわてて付け加えた。

「もちろん、家族が嫌いなわけじゃないよ。おとーさんも、おかーさんも。おばあちゃんも」

「うん……」

それはわかっている。そして、出て行くことを考えていないわたしも、少しつぐみの気持ちはわかるのだ。

「二度と会わないとか、そういう極端な話じゃなくて、会いたいときに会って、後は忘れてたいの。それってわがまま？」

「さあ……」

それが自分が選んだパートナーや、自分の子供に対してなら、間違いなくわがままだ。でも、成人した子供にはそれが許されるのではないだろうか。わたしもそうあってほしいと思う。

「お墓なんかも別になくてもいいやん。ときどき思い出せばそれでいいと思うんやけど、あかんのかな」

祖母は熱心に墓参りをしているし、仏壇にも手を合わせている。それには同意しないだろう。

うちのお墓は大阪市内で、気軽に墓参りができるし、わたしは墓参りはそれほど嫌いではない。でも、絶対にやらなければならないと言われると、息苦しく感じる。

「お姉ちゃんも、別にどうしても凍滝を継がなくてもいいと思うよ」

そう言われて、わたしは少し苦い笑いを浮かべた。

やはり、つぐみはわたしの生き方をもどかしいと思っている。そこにあった殻にもぐり込んで、出てこない臆病者だと思っている。家に縛られていると思っている。

本当はそうなのかもしれない。

和菓子は好きだけど、もし、家が和菓子屋でなければ、職人を志したかどうかもわからない。

でも、この世の中で、なにか特別できらきらしたものを見つける人なんて、少ししかいないのではないのだろうか。

それを見つけないと充実した人生と言えないのなら、自由でいることだって抑圧的だと思ってしまう。

「わたしはこれでいいの。臆病だし」

そう言うと、つぐみはあからさまにむっとした顔になった。

「わたしだって、臆病だよ」

舞台の上で、みんなの前に立って、台詞《せりふ》を言い、パフォーマンスをすること。遠い国に旅行ではなく、留学しようと計画すること。どちらもわたしにはできないから、それをできる人に臆病だと言われてしまうのは、ちょっと腹が立つ。

このまま、話を続けていると、喧嘩をしてしまいそうだ。わたしはスナック・チコに行く日を相談することにした。

土日は休みだし、金曜はお客さんが多いような気がする。ちょうどわたしも早番だし、つぐみも空いているというから月曜日に行くことにする。

つぐみの部屋を出て、わたしはふうっと息を吐いた。

前も父に言われた。なにかしてみたいことはあるか、と。

まだ答えは見つけられないでいる。

「あ……デーツ！」

デーツのお菓子をいろいろ食べてみたいと思って、調べたときに、デーツは血糖値を上げにくいのだと知った。

ねっとりとした甘さは小豆あんや黒糖ともよく合うような気がする。

デーツを使って和菓子を作れないだろうか。

もし、デーツで甘さを補い、砂糖を減らした和菓子が作れるのなら、体調を気にして和菓子が食べられない人にも喜んでもらえるかもしれない。

わたしは部屋に戻って、デーツの入手方法を検索した。


ドライデーツならスーパーで手に入る。だが、この前食べた柔らかいデーツを使いたい。

調べてみたが、それは簡単ではないようだ。輸入して販売しているところもあるが、決して安くはない。買えない値段ではないが、材料にするとなるとコストがかさむ。

とりあえず、セミドライのデーツを注文してみて、それで小豆あんか、他のお菓子を試作することにする。

レモンやライムの果汁で煮て、爽やかな風味を付けるのはどうだろう。羊羹《ようかん》なども作れるかもしれない。

頭の中にどんどんアイデアがあふれてくる。

こんなことははじめてだった。


つぐみとふたりで出かけるのはひさしぶりだ。

前はよく一緒に映画を観に行ったり、買い物に行ったりしたが、何年か前からほとんどしなくなった。

たぶん、わたしが高校を卒業して働きはじめ、つぐみが大学受験を決めた頃だ。つぐみは塾に通ったりして、熱心に勉強していたから、わたしはそのうちに彼女に声をかけなくなった。

今日はふたりとも、少しだけおしゃれをして電車に乗っている。

女性がスナックを訪れるなら、どんな格好がふさわしいだろうと考えてみたが、少しも想像できない。そもそも主な客は男性が多いのではないだろうか。

わたしは白いブラウスと紺のマキシ丈のスカート、つぐみは黒い膝丈《ひざたけ》のワンピースを着ている。

そんな大人っぽいワンピースを着ているのを見るのははじめてだ。いつ買ったのだろうか。

電車に乗っているとき、ふいにつぐみが言った。

「お姉ちゃん、就活してないよね。あの就活スーツやパンプス持ってる？」

「持ってないよ」

はじめから、凍滝で働くつもりだったから、就職活動はしなかった。ぬるま湯に浸《つ》かっているみたいだ、とあらためて思う。

就職活動をしている女の子たちは、駅で見かけただけでもわかる。黒いスーツ、白いブラウス、髪は後ろでひとつにくくり、黒いパンプスを履く。寒くなれば、ベージュのトレンチコートを着る。

子供の頃は、なにかの制服なのだとばかり思っていた。それが半ば社会に強制されたものだと知ったのは、高校生になって、就職が少し身近になったときのことだ。

高校三年生で就職活動をしていた同級生は、やはりあのスーツを着ていた。大学か専門学校に行く子が多かったから、就職するのはクラスで十人以下だったけれど。

つぐみは、大きなためいきをついた。

「あれ、着たくないな」

つぐみがそう言うのを聞いて、わたしは驚いた。彼女はみんなと同じスーツなんて着ないものだと思っていた。

「着なきゃええんちゃう」

そう言うと、つぐみは眉間に皺を寄せた。

「そういうわけにはいかへんの。三年生になったら、少しずつ就職活動がはじまるやん。フリーランスで生きていけるほどの才能があるわけじゃないし……やっぱりどこかに就職することになると思う。そうなるといっぱい試験受けて、いっぱい面接受けるだろうし、だったら、やっぱり落ちたくないから、みんなと同じ服を着るしかない」

「通訳とか目指さないの？」

珍しい言語を勉強しているのだから、それを活《い》かすのだと思い込んでいた。

「あれはあれで、特殊技能だから、語学ができても、すぐに通訳になれるわけじゃない。やるならそっちの方も勉強しないといけないけど、でも、向いていない気がする」

わたしは思い切って聞いてみた。

「自分の劇団を持つんじゃないの？」

つぐみは顔をしかめた。

「持てればいいけどさ……」

ほんの一ヶ月と少し前、つぐみは外を眺めながら、「留学から帰ってきたら、自分の劇団をやろうと思う」と言ったのだ。

「やっぱり簡単にはいかないかなって」

寂しげにそう言うつぐみを見て、わたしはなにも言えなくなる。

簡単じゃない。そう、なにひとつ簡単じゃない。

たいしたことに挑戦していないわたしには、つぐみの気持ちはわからないかもしれないけれど、劇団をやっていくのが簡単じゃないことはわかる。

黒いスーツを着て就職活動をするつぐみよりも、演劇を続けるつぐみの方が彼女らしいと思ってしまうけれど、それだってただの押しつけに過ぎない。

この前、つぐみがわたしに言ったことと同じだ。家業を継ぐのが消極的な判断で、なにか新しいことをやる方が、ずっと自由だなんて決めつけられたくない。

たった一度の人生だから、やりたいことをやった方がいいと言う人だっているけど、たった一度の人生だからこそ、よく考えて行動したいのだ。

つぐみがよく考えて決めるのなら、わたしがどうこう言うつもりはない。

すれ違う逆方向の電車は混んでいるのに、七時を過ぎて梅田に向かう電車はがらがらだ。

勝手な押しつけだと思いながらも、黒いスーツを着て集団に紛れるつぐみを想像すると悲しい気持ちになった。

わたしが迷わずに保守的な選択をするのは、つぐみが自由でいてくれたからかもしれない。

第八章

北新地の街は、昼間とはまったく違うように見えた。

目を射るような看板の明るさと、路地の暗さがまるで絵のようで、通り過ぎる人たちも、どこか浮かれているようだ。

夜の街と言われたって、ここにも昼の生活はある。アマテラスのような間借りカレーの店もあり、書店もあり、カフェもある。

それでも、夜になれば、まったく違う魅力で、人を惹きつける。だから、「夜の街」と言われるのだろう。

髪をきっちりまとめ上げて、鮮やかな青のワンピースを着た女性が、わたしたちを追い越していく。髪を美容院でまとめてもらうのには、お金がかかるし、踵《かかと》の高い華奢《きゃしゃ》なパンプスは歩きにくい。

まるで戦闘服か、鎧《よろい》のようだ、と思う。

彼女がそれを好きで着ているのかどうかは、通りすがりの人間にはわからないけれど、この街の夜は、美しく装う女性がいなければなりたたない。

そして、間違いなく、わたしたちは少し場違いだ。

つぐみは少し離れて、わたしの後ろを歩いている。気後れしているのか、それとも楽しくまわりを観察しているのか、前を歩いているわたしにはわからない。

〈スナック・チコ〉のある雑居ビルの前で足を止めて振り返ると、つぐみは口をへの字に曲げて歩いていた。

「ここ、目的地」

「ふうん」

気のない返事だ。拗《す》ねているような気もするが、拗ねられるような理由もない。

「上がる?」

エレベーターで三階まで上がり、スナックの重いドアを開ける。

客はふたり。ひとりがカウンター席に座って、隣の女性と話をしていて、もうひとりがカラオケで二十年くらい前のヒットソングを歌っている。

三十代くらいの女性がこちらにやってくる。少し怪訝《けげん》そうな顔だ。

「あの……千寿子さんと約束をしている者ですが……」

「ママと?」

その女性が、「ママ」と呼ぶと、カラオケの前で手拍子をしていた女性がこちらを向いた。

少し太り気味だが、身体にぴったりとしたワンピースを着ていて、それが妙になまめかしい。

母と同じくらいの年齢だろうが、母よりも貫禄《かんろく》があって、そして圧倒的に女っぽい。

「電話くれた人？　ちょっと待ってね」

奥のソファ席に座るように言われて、わたしとつぐみは急いで言われた席に移動した。

ママ以外の女性はふたり。先ほど往来で見かけた女性よりも、この店で働いている人たちはラフな格好をしている。それでも、巻き髪に花柄のワンピースや、タイトスカートと後れ毛を遊ばせたまとめ髪という、フェミニンなスタイルだ。

ママは、キスチョコの入った皿をテーブルに置いた。

「二十歳になっている？　お酒は飲む？」

「妹はまだです。わたしはなってるけど飲みません」

「じゃあ、ジンジャーエールと烏龍茶《ウーロンチャ》、どっちがいい？」

その質問にはつぐみが答えた。

「烏龍茶でお願いします」

すぐにグラスとアイスペール、そしてガラス瓶に入った烏龍茶が運ばれてくる。メーカーはコンビニエンスストアでもよく見るものだけど、ガラス瓶は居酒屋や焼き鳥屋でしか見たことがない。

「お代は取らないから、安心してね」

つぐみはまだ緊張したような顔をしている。たぶん、わたしも同じような表情をしているのだろう。

「で、綾乃さんにどんな話があるの？」

わたしは烏龍茶をグラスに注いでからソファに座り直した。呼吸を落ち着けて喋りはじめる。

「わたしたちの曾祖父……禎文は、綾乃さんのお宅で亡くなりました。心筋梗塞《しんきんこうそく》だったと聞きました」

千寿子さんは驚いた顔をしなかった。綾乃さんからそこは聞いていたのかもしれない。

「曾祖母は、亡くなる前の日、曾祖父に手紙を渡したそうなんです。それが返ってきた遺品の中にもなかったから、綾乃さんが持っているのかもしれない。それを返してほしいと、曾祖母は思っているんです」

千寿子さんの口許《くちもと》は笑っていたけど、目はわたしのことばの真偽を確かめているようだった。

「でも、ひいお祖母ちゃんはまだご存命なの？」

わたしは首を横に振った。

調べれば嘘だとわかる嘘をつくのは得策ではない。わたしはつぐみと口裏を合わせていた。曾祖母の手紙が見つかったということにするつもりだった。

そう言いかけたとき、つぐみがいきなり口を開いた。

「幽霊」

「え？」

「ひいお祖母ちゃんの幽霊が出たんです」

千寿子さんの目が大きく見開かれた。つぐみは真剣な顔で、千寿子さんの方に乗り出した。

「幽霊って……本当？」

「本当です。どうしても手紙を返してほしいって、でないと死んでも死にきれないって。最初は夢かと思いました。でも毎晩、曾祖母は現れて、そして曾祖母に言われた通り、ここに綾乃さんという人のお店はあった。手紙もきっと本当にあるんだと思いました」

わたしは考え込む。もしかすると、手紙があったというよりも、つぐみの言うことの方が事実に近いのかもしれない。

「祖母も綾乃さんのお店のことは知りませんでした。それを信じてくれ、というのは難しいかもしれないけど、なんだったら祖母に聞いてくれてもかまいません」

つぐみはまっすぐに千寿子さんを見て話し続ける。

「もし、ひいお祖母ちゃんの心残りがそれなら、解消してあげたいんです」

千寿子さんは、足を組み替えた。

「もし、手紙なんてなかったら？　何年前？　五十八年前だっけ。手紙があったとしても、綾乃さんは捨てたかもしれないし、亡くしちゃったかもしれない。あの人ももう八十歳だから、いろいろ忘れっぽくなってるし、思い出せないかもしれない」

きゅっと胸が痛くなる。祖母よりも年下の人。八十歳と、八十三歳は、今のわたしにとって、そんなに変わらないように思えるけど、二十三歳の娘がいる男が、二十歳の女性を愛人にしていた。そう思うと、ひどく醜悪《しゅうあく》に思えてくる。

千寿子さんはつぐみの言うことを否定しなかった。笑ったりもしない。ずっと話を聞くことを仕事にしてきた人だ、と思った。

つぐみは言う。

「なかったらそれでいいんです。もうどこかに行ってしまったのなら、曾祖母も安心するでしょう。綾乃さんが持っているかもしれないという心残りがあるから、幽霊になって出てくるんだと思います」

「じゃあ、もしなくても、それ以上、綾乃さんを苦しめない？」

つぐみは真剣な顔で頷いた。わたしも急いで言う。

「約束します。話を今、聞いてくださってるだけでありがたいと思っています」

千寿子さんは少し笑った。振り返って、花柄のワンピースを着た女性に話しかける。

「ユミちゃん、水割りもらえる？」

「はーい」

すぐに千寿子さんの前に、ウイスキーのグラスが置かれた。彼女は氷の音を鳴らして、それを一口飲んだ。

「わたしさあ、実家の母親と折り合いが悪くて、大阪に出てきて、綾乃さんに助けてもらったんだよね。まるで、本当のお母さんみたいに、いろいろ世話を焼いてくれて、優しくしてもらった。このお店も三十年前に綾乃さんから貸してもらって、うまくいくようになってから譲ってもらった。店がうまくいかずに家賃が払えなかったときも、無理に催促《さいそく》されたりしなかった」

優しい人なのだ、と思う。ならばよけいに、嫌な思いをさせたくない。

わたしたちが会うこと自体が、嫌な記憶を呼び起こすことなのだろうか。

「だから、あなたたちのひいお祖父ちゃんの話も知ってた。禎文さんって名前を聞いたとき、あっと思った。わたしも誰かに話したことないし、綾乃さんもそんなこと、誰にでも話す人じゃないから、嘘じゃないとわかった。でも、まさか幽霊なんて……」

つぐみは下を向いた。

「突拍子もないことを言っているのは理解しています」

調子っぱずれのカラオケの歌はまだ続いている。スピッツのチェリー。有名な歌だから知っているけど、わたしが生まれる前の歌だ。

カラオケで歌っているのは六十歳を過ぎたおじさんだった。歌い終わった後、「ちょっと前に流行ったよね」などと言っている。

二十年以上前を、「ちょっと前」に思える日が、いつかくるのだろうか。榊《さかき》さんにとっては、自分が死んだのも、ほんのちょっと前のことなのだろうか。

「ほら、アマテラスのジュンちゃん。会ったでしょ」

「間借りカレーの」

つぐみはきょとんとしている。客観的にはつぐみも彼に会っているけど、そのことはまったく覚えていないのだろう。

「あの人、綾乃さんのお孫さん」

「えっ！」

あの、なんだかマイペースな人が。それなら、あのとき直接、綾乃さんの名前を出せばよかった、と悔やむ。

つぐみが尋ねる。

「綾乃さんって、結婚されてたんですか？」

「ううん、シングルマザー。当時は未婚の母とか言ったわね」

心がざわつく。もしかして、綾乃さんの子供の父親は、曾祖父という可能性はないだろうか。

同時に納得する。千寿子さんと綾乃さんの関係がそういうもので、彼が綾乃さんの孫ならば、昼の間、店を自由に使っていいと言うかもしれない。

次の曲はミスターチルドレンのイノセントワールド。高い音は全然出ていないけど、おじさんは気持ちよさそうに歌っている。

千寿子さんは、水割りのグラスをからからと鳴らして、美味しそうに飲んだ。

「えーと、瀧乃さんだっけ。お酒は飲まないんだよね」

「すぐ、顔が赤くなってしまうので……」

彼女はくすりと笑った。

「その方がいいわよ。おばさんみたいにダメな大人にならんようにね」

この「おばさん」は千寿子さんのことを指すのだろう。それでも、千寿子さんはとても美味しそうにお酒を飲む。

「わかった。じゃあ、綾乃さんにそう伝えておく。あんたたちが嘘ついてるとも思えないし」

「よろしくお願いします」

わたしたちは、並んで頭を下げた。

もしかすると、ちょっとダメな方が人生は楽しいのかもしれない。


セミドライのデーツは、届くのが一週間後だから、ドライのデーツで和菓子を作ってみる。

デーツを細かく刻んで、水で柔らかく煮ると、それだけであんこのように甘くなった。砂糖をまったく使わなくても、充分な甘さだ。

デーツの風味は、好みが分かれるだろうが、そこはあえて万人向けにしなくてもいいと思う。素材の個性までは殺したくない。

だが、どうしても気になるのは舌触りだ。柔らかく煮ても、皮の存在は感じる。裏ごしもあまりうまくいかない。

それに、このデーツあんになにを合わせるかも難しい。

大福を考えていたけど、餅とこの個性の強い甘さは、あまり相性がよくない気がする。フルーツ大福のように生クリームを合わせると、さわやかになるかもしれないけれど、最初はできるだけシンプルなものを作りたい。

寒天で固めて、きんつばにするか、六方焼きにするか。

もっとなにか驚くような組み合わせはできないものか。

コストの問題もある。取り寄せたデーツを使って、普通の小豆あんを使った和菓子と同じ値段で売るのは難しい。

少し高いくらいなら買ってくれる人もいるかもしれないが、できればひとつ二百円台に抑えたいと思っている。

作りたいのは、日常的に楽しめるお菓子だ。

現地では、どこででも買えるドライフルーツなのに、日本に持ってくるとコストが跳ね上がる。たくさん買えば安くなるが、かといって、そんなに大量生産できるようなものでもない。

趣味で作るならまだしも、店で売るとなると、ハードルがいくつもある。

それでも、どこかにこれを必要としている人がいるのではないだろうか。


次の休日、わたしは朝から自宅のキッチンで、デーツあんのきんつばを焼いた。あんは前日、早番が終わってから、工房で煮た。

工房の鉄板のようにはいかないが、ホットプレートでもきんつばは焼ける。寒天で固めたあんを四角く切って、そこに小麦粉を溶いた皮をつけながら焼いていく。

つけては焼いて、また別の面に皮をつけて焼くという作業は少し面倒だが、慣れればたいしたことではないし、すぐにできあがる。

焼きたてをひとつ試食する。粒あんで作るお菓子だから、舌触りもそんなに気にならない。もともと小豆の味を楽しむお菓子だから、デーツのコクのある甘さを邪魔するものもない。

悪くない出来だと思う。

つぐみは朝から、どこかに出かけてるし、母は仕事だから、試食してくれる人が他にいない。母が帰ってから食べてもらうのもいいけれど、できれば、和菓子にそれほど興味のない人の意見が聞きたい。

ふいに、ある人の顔が浮かんだ。

雑居ビルの前には、この前と同じように、間借りカレー「アマテラス」という看板が出ていた。間借りカレーの営業は三時、もしくは売り切れるまで。今は二時半だから、少し落ち着いているのではないだろうか。

エレベーターで、三階に上がる。今日もエレベーターを下りたときから、スパイスのいい匂いがする。

「こんにちはー」

そう声をかけながら、ドアを開けると、ひょろひょろとした男性が振り返った。今日は虹色のTシャツを着ている。

「いらっしゃい。ああ、こないだの」

ワイシャツ姿の男性が汗をかきながら、カウンターでカレーを食べているが、他に客はいない。そこまで忙しくはなさそうだ。

「今日は、レモンチキンが売り切れちゃって、ゴーヤ入りキーマしか残ってないけど、それでいい?」

「はい、ゴーヤ入りキーマで」

レモンチキンとは、いったいどんなカレーなのだろう。また絶対こなければならない。

「メニューって日替わりなんですか?」

「いや、俺の気まぐれ」

なかなか攻略は難しそうだ。

ゴーヤ入りキーマが目の前に置かれる。思ったよりゴーヤがたくさん入っているが、スパイスの匂いは美味しそうだ。

「いただきます」

スプーンでごはんと混ぜて口に運ぶ。強いクミンの香りと、肉の旨み。ゴーヤの苦みがむしろさわやかに感じられる。後から追い掛けてくる辛さは青唐辛子だろうか。

これもまた美味しいカレーだ。レモンチキンも絶対に食べたい。

「千寿子さんとは会えた?」

「はい、会えました。というか、わたし、綾乃さんに会いたくて、この店にきたんです」

「えっ、ばあちゃんに？」

ジュンさんの目がまん丸になる。

「そういえば、ばあちゃんもこの店で働いていたって言ってたけど……そっかあ。そうやったんか」

「もともと、綾乃さんのお店だったたって聞きました」

「えっ、それ、俺、初耳。たしかにカレー屋やりたいって言ったら、ばあちゃんが千寿子さんを紹介してくれたんやけど……そっかあ。俺、なんにも知らないな」

たしかに、以前、誰かと一緒に働いていたとか、その店で働いていたということは聞いても、店の持ち主が誰だったかとかまでは、気にしないのかもしれない。

「ばあちゃんの連絡先聞けた？」

「綾乃さんに言伝てもらいました」

ジュンさんはガードがゆるそうだから、教えてくれるかもしれないけど、それもフェアじゃない気がした。

ワイシャツの男性が食べ終えて、カウンターを立つ。ジュンさんは会計をしにいって、すぐに戻ってくる。

青唐辛子の辛さで、汗が噴き出てくる。ライムを浮かべた水が美味しくて、ごくごく飲んでしまう。

「ばあちゃんに、なんの用……って聞かない方がええんかな」

無理に聞こうとしないのは、いい人だ。

「そうですね。うちの曾祖母と、綾乃さんの個人的な問題だから……わたしが言っていいのかどうかわからないし」

「了解。わかった。じゃあ聞かない。俺より、千寿子さんの方がばあちゃんと会ってるし。千寿子さんに伝わったなら、ばあちゃんにも伝わるよ」

たしかに同居してない祖母と孫なんて、そんなものかもしれない。

ゴーヤ入りキーマカレーを食べ終えて、水をもう一杯飲む。

「美味しかったです。ごちそうさまです」

お世辞ではない。彼の作るカレーが好きだ。

「ありがとう。またきてね」

わたしは頷くと、もうひとつの用件を切り出した。

「あの……わたしが作ったお菓子、食べてくれませんか？」

「えっ！」

ジュンさんが身体ごと、後ずさる。たしかにこれはあまりにも唐突な言い方だった。

「あの、すみません。うち和菓子屋で、新商品を試作してるんです。それで、いろんな人の意見が聞きたくて……」

「あ、ああ、そういうこと。びっくりした。俺も女子から手作りお菓子をもらうのかと思った」

わたしは持ってきた箱を開けて、きんつばを見せた。

「へえ、きんつば。じゃあいただきます」

彼はひとつ取って、ぱくりと食べた。

「えっ……なんだろ。ドライフルーツ？　デーツかな」

「当たりです。さすが」

もぐもぐと食べて首を傾げている。

「うん、美味《うま》いよ。これ、売るの」

「まだ研究段階です。でも、砂糖をまったく使ってないから、糖尿病の人でも食べられるんですよね。率直《そっちょく》な感想、聞かせてください」

「うーん、俺やったら、これをまたバターで焼いたりしたくなるけど、そういうのは目指してないんだよね」

バターで焼くのは美味しそうだが、それはもう和菓子ではない。

「できたら、シンプルにしたいんです」

「うん、だったらこれでいいと思うけど……」

「けど？」

「きんつばよりも、もっと外側に歯ごたえがあるといいんじゃないかなあ。ほらデーツがちょっと引っかかりがあるというか、小豆あんほどなめらかじゃないだろう」

「歯ごたえ……」

甘い煎餅《せんべい》のようなもので挟むとかはどうだろう。そう考えたとき、もうひとつの考えが浮かんだ。

「最中《もなか》はどうですか?」

「最中、悪くないけど、そんなに歯ごたえはないかなあ」

「皮と、中身を別にして販売して、自分で詰めてもらうんです。そしたらぱりぱりの皮と一緒に食べられます」

同時に気づく。あんを瓶詰めにすれば、日持ちがする。デーツあんを一度にたくさん作っておくこともできる。

なかなかいい考えだ。もしかすると、デーツだけではなく、干しいちじくや、他のドライフルーツなどでも同じような最中が作れるかもしれない。

「へえ……それは美味そうだなあ」

試作してみないとわからないが、自分でもいける気がする。

ジュンさんは、グラスに水を注いで、カウンターの中にあるスツールに腰を下ろした。

「そっか、和菓子屋さんなのかあ」

なんとなく、普段は人に話さないことを話したくなって、わたしは口を開いた。

「ジュンさんって、日本人ですよね?」

「え? 俺。うん、そう」

「わたしもそうなんですけど、うちの父親が在日韓国人二世なんですよね。で、和菓子屋は母親とか、祖母とか、曾祖母がずっと続けていた仕事なんです」

ジュンさんは黙って、わたしの話を聞いている。

「日本人がカレー屋をやることや、日本人がフレンチのシェフをやるのは特別なことじゃないのに、父親が韓国人のわたしが和菓子屋をやるのは、変だと思う人がいる。それってどうしてなんだろうって、いつも思うんです」

こんな話をすると、いつも柔らかく濁した答えが返ってくる。そういうもんだと思っていた。

なのに彼は即座に答えた。

「いないことにされてるんだよ」

その声に怒りを感じて、わたしは驚いて、彼を見た。

「日本人がいるのは当たり前で、だからインド料理店でも、イタリアンでも、ミャンマー料理店でもいていい。でも、そうじゃない人は、その人がいるべき場所にだけいて、他のところではいないことになっている。そこにいる理由が必要とされている。でも、そんなのは偏見だし、差別だ」

こんなふうに、はっきりとした返事を聞いたのは、はじめてのことだった。

「だから、きみも、どこにでも、いたいところにいていいんだ」

わたしは息を呑む。過去に言われた「韓国のお菓子を売ればいい」という言葉が、彼の言葉で上書きされていく。

むしろ、そのことばのせいで、韓国のお菓子に興味を持つことを、わざと避《さ》けていたことに気づく。わたしはそれを好きになってもいいし、好きになった結果、別に仕事として関わらなくてもかまわない。

彼は、カウンターから出てきて、わたしの隣に座った。

「唐突に言うけど、俺、ゲイなんだけど」

「ああ……」

彼もまた、いないことにされてきた人なのだ。

「たまにそれを言うと、『そんなことわざわざ言わなくてもいいのに』って言う奴がいるんだよね。自分では公平なつもりで。最初からすべての人に対して、異性愛者じゃないかも、という前提で接している人ならともかく、そういう人は、だいたい、言う前は俺を女の子が好きな前提で接してくる。結婚はしてるの？　子供はいるの？　彼女いるの？　って聞いてきて、『ゲイなんです』って言うと、『わざわざ言わなくてもいい』って言うんだよね。つまりは『意識させるな』ってことなんだよな」

黙って、いないことにされておけということでもある。

差別に反対したり、抗議したりしたときの反発が強いのも、たぶん同じ理由だ。

いないことにしておきたい。考えないようにしておきたい。そんな力が働いて、口をつぐむ人がいる。

頭の中の霧が晴れたような気がした。

帰り道、ふいに祖母の話を聞きたいと思った。

まったく会っていないわけではない。一週間ほど前、うちにやってきて、お茶を飲んで帰ったし、月に二回くらいは顔を合わせる機会がある。

それでも、祖母がなにを考えて働いてきたのか、ちゃんと聞いたことなどない。

曾祖父が死んだとき、祖母はすでに二十歳を超えていた。綾乃さんとのことは聞いていたのか。曾祖母はそのとき、どんなふうだったのか。

ジュンさんが、綾乃さんのことをそんなに知らなかったように、わたしも祖母のことで知らないことがたくさんあるのだ。

一緒に住んで、働くところを見てきて、なにもかもわかった気でいた。

次の休みは、祖母の家に行ってみよう。つぐみにも声をかけて。

八十年以上の人生について、ちゃんと聞いて、そして忘れないようにしたい。

そして、次に榊さんに会ったときにも、もっと彼女の話を聞きたい。そう考えてから、わたしは気づく。

彼女はまた戻ってくるのだろうか。

数日後、遅番の仕事を終えて帰宅すると、夕食の支度をしていた母が振り返った。

「小梅、あんた宛に手紙きてたわよ。きれいな字の人」

「へえ……」

誰だろう、と思う。だいたい、友達とは携帯のメッセージでやりとりをする。手紙なんてくることはない。

ダイレクトメールの束をかき分けて、わたし宛の手紙を探す。

少し分厚い、和紙でできた封筒を手に取ると、筆ペンの美しい字で、「瀧乃小梅様」と書かれていた。差し出し人の名前は三井とだけ書かれている。

その姓の人に覚えはない。だが、綾乃さんではないかという気がした。

わたしは急いで、手紙を鞄に入れた。

「つぐみは？」

「アルバイトだって。留学先ではバイトできないから、今のうちに貯めておくんだって」

「ふうん……」

部屋に帰って手紙を読みたいが、食事がもうすぐできそうだ。手伝った方がいいかもしれない。

「ごはん、もうすぐ？」

「まだちょっとかかるかな。これから麻婆豆腐《マーボーどうふ》作るから」

「じゃあ、ちょっと着替えてくるね」

わたしは自室に入って、襖を閉めた。呼吸を整えて、鋏《はさみ》で封書の封を切る。出てきたのは、変色した古い和紙だった。三つ折りにされている。ゆっくりとそれを開いた。

前略
夫、禎文が大変お世話になっております。瀧乃榊と申します。

お目にかかったこともないのに、いきなりお手紙を差し上げる不躾をお許しください。

夫が貴方《あなた》にご迷惑をおかけしていることはかねがね存じております。お若い貴方が、あんな老人の相手をするのは、さぞ腹立たしく、ご不快なことでしょう。

正直に申し上げます。夫が、貴方に渡しているお金は、すべて、わたくしが自分の店で朝から晩まで働いて稼いだものでございます。

もちろん、貴方が悪いとは思っておりません。お若い方が老人の相手をして、なんの見返りもないなんて耐えがたいことでしょう。お美しい方だと聞いております。貴方には、それだけの価値があるのでございましょう。

ですが、裏切られた上に、自分が働いて貯めたお金を使われたわたくしの気持ちを少し、お考えになってはいただけないでしょうか。

貴方がもし、夫との関係に満足されているのなら、なにも申し上げることはいたしません。この手紙は焼いて捨ててくださいまし。

でも、そうではないのなら、他に好きな方がいらっしゃるとか、もしくはいらっしゃらなくても、夫と一緒にいるのが不快だと思われるならば、お願いがございます。

夫は血圧が高く、心臓に不調を抱えております。

風呂場を寒くして、風呂を勧《すす》めてください。その前にお酒を飲ませるともっとよいと存じます。

もし、あなたがそれを為果《しおお》せたのなら、夫ではなく、わたくしが、貴方の援助《えんじょ》をいたしましょう。

夫がいても、夫によって、貴方に流れるお金です。なにも変わりはいたしません。

もしくはこれを夫に見せて、離婚を勧めるのもよろしいでしょう。

くれぐれも、ご自分のことをお大事になさってください。

綾乃様

榊

読み終わって、口がひどく渇いていることに気づく。

この手紙はいったいなんなのだろう。

第九章

せっかく作ってもらった夕食は、何の味もしなかった。

自分が母とどんな会話をしたのかさえ、覚えていない。頭の中は、手紙のことでいっぱいだ。

まるで、殺人を唆《そそのか》すような手紙だった。

いや、厳密にいえば殺人にはならないのだろう。高血圧の人に塩辛い食事ばかり食べさせても、血圧の高い人を寒い風呂場に入れても、死ぬ確率はきっと小数点以下だし、それで逮捕されることはない。

だが、現実に曾祖父は、綾乃さんの家で、心筋梗塞を起こしている。この手紙とその事実が繋《つな》がると、急になにもかも禍々《まがまが》しく思えてくる。

なんとか、皿を割らないように後片付けをし、お風呂に入った。湯船に浸かって、手紙のことを考えていると、つぐみの声が聞こえた。アルバイトから帰ってきたのだろう。

できれば、この手紙のことはつぐみには知らせたくない。だが、つぐみに知られずに、曾祖母と話をすることなどできるのだろうか。

母は先に入ったし、つぐみは寝る前に入るだろう。わたしはのぼせる寸前まで、風呂場でいろんなことを考え続けた。


みんなが寝静まった頃、そっと、つぐみの部屋の襖を開けた。

つぐみは敷き布団から、上半身がはみ出した状態で身体を丸めて眠っていた。足下に押しやられているタオルケットを広げて、お腹にかけてやった。

同じ部屋の二段ベッドで寝ているときのことを思い出した。夜中にのぞくと、いつもつぐみは背中を丸めて小さな寝息を立てているのだった。

わたしは小さな声で彼女に呼びかけた。

「榊さん。ひいお祖母ちゃん。起きてよ」

つぐみの身体の中に、つぐみ自身と曾祖母の意識が同時に存在しているのなら、つぐみが寝てるときに、曾祖母だけ起こすことはできないだろうかと思った。

彼女はゆっくりと目を開けた。

「なんやのん」

大阪弁の歌うようなイントネーション。曾祖母だ。

「綾乃さんから、手紙返してもらったよ」

「えっ、ほんま?」

彼女は飛び起きて、わたしの手から手紙をもぎ取った。だが、一瞥《いちべつ》して、失望の顔に変わる。

「これやない」

「え?」

「この手紙やない。わたしが返してほしいのは、お父ちゃんへの手紙や」

「え、でも、その手紙は……」

曾祖母はわたしに手紙を押し返すと、ごろりと横になって、つぶやいた。

「なんや、しょうもな」

つまらない、どうでもいい、そういう意味のことばを吐き捨てて、また目を閉じる。そのまま再び、寝息を立て始めた。

わたしはひとり、取り残されたような気持ちで彼女の寝顔を見つめた。

曾祖母が探している手紙はこれではなく、他にある。

たしかに、彼女は曾祖父に手紙を渡したと言っていた。この手紙は綾乃さんに宛てたものだから違うものだ。

だが、この手紙を読んで、驚きもしなかったし、取り繕《つくろ》いもしなかった。覚えのない手紙ならば、驚くし、否定するのではないだろうか。

つまり、この手紙を書いたのは、曾祖母自身なのだ。

布団に入ってから考える。

わたしはまだ本気で誰のことも好きになったことがない。中学生くらいのとき、クラスの爽やかで誰にでも優しい男の子に、片思いをしたことがあるけれど、それだって、遠くにいて、彼がわたしのことなど好きにならないとわかっていたから、安心して恋をすることが出来ただけだ。

彼のことはもう姓しか覚えていない。また会えたらうれしいかなあと思うけれど、下手に会って、幻滅《げんめつ》したくないとも思ってしまう。たぶん、そこまで彼と向き合いたいとは思っていないのだろう。

つぐみはわたしよりも大人で、彼氏がいたことが何度かある。大喧嘩したり、別れたり、浮気されたりして、わあわあ泣いたり、「あいつほんまいつかコロス」などと物騒《ぶっそう》なことを言ったりしていたけど、少なくともわたしより、真剣に誰かと向き合い、ぶつかり合って、傷ついたりしている。

自分がいつか、誰かを本当に好きになるのかなんて、わからない。ただ、ぼんやりと恋愛の対象は男性だろうなと思うだけだ。

曾祖母の気持ちは、底知れなすぎて、想像もできない。

これまでの会話から、彼女が夫をそれなりに愛していたことはわかる。だが、彼には愛人がいて、その人のところに入り浸っていた。

だから、死んでしまえと思ったのだろうか。

その感情はとても怖いけれど、少しだけ理解できるような気がした。


次の休みの日、わたしは祖母の住むマンションを訪ねることにした。

つぐみが、あれからアルバイトに精を出していて、あまり顔を合わせる機会がないのは少しありがたい。

手紙の件について、問い詰められたら、上手い嘘をつく自信がない。

前の日に、最中の皮を焼き、デーツのあんを作って瓶詰めにした。これを祖母に試食してもらうつもりだった。祖母は、和菓子に関しては保守的だから、あまりいい感想はもらえないのではないかと予想しているが、だからこそ、正直な意見を聞きたい。

たぶん、母だと、「ええんやない？」と軽く流されてしまいそうな気がする。わたしが店に置きたいと言っても、母はあまり反対はしないだろう。

祖母の方針を守ってはいるが、母自身はそれほど強いこだわりがあるようには見えない。

親子や家族でも、性格は全然違う。

約束の時間に祖母の家を訪ねる。オートロックを解除してもらうとき、インターフォンから祖母の声が告げた。

「玄関、鍵開けてあるから、そのまま入ってきなさい」

エレベーターで上がり、玄関のドアを開けると、トラ猫のコロッケが招き猫のような顔をして、玄関に座っていた。

まるで来客を迎えに出てきたかのようだ。わたしはコロッケを抱き上げて中に入った。コロッケはくったりと、わたしの腕に身をまかせた。

「お祖母ちゃん、こんにちは」

「ああ、いらっしゃい」

祖母は、ソファに座ってテレビを観ていた。ソファの脇に杖《つえ》が置かれていて、はっとする。

「杖、どうしたの？」

「買ったんや」

そりゃあ、空から降ってこないだろうから、買ったのだろう。だが、わたしが聞きたいのはそういうことではない。

「足、調子悪いの？」

一緒に住んでいたときには、平気で立ち仕事をしていたのに、そう思うと悲しいような気持ちになる。

「ああ、立ち上がるとき、杖があると楽やというだけ。まだ買い物も自分で行けるから、別に心配あらへんよ」

それを聞いて、少しほっとしたが、それでも気持ちは晴れない。

わかっている。八十三歳の祖母が杖を使っていても、別におかしいことではない。年を取れば、少しずつできないことが増えていき、それを道具や機械や人に頼りながら、補っていく。どんなに若々しく見える老人も、それは変わらない。早いか遅いかの違いだけだ。

ただ、心がそれを受け入れたくないと感じている。

コロッケは、わたしの腕からするりと抜け出して、床に飛び降りた。ソファに上がって丸くなる。

祖母は自分で言った通りに、杖を使って立ち上がり、台所に向かった。たぶん、お茶を淹れてくれるのだろう。

「紅茶がいい？　それともほうじ茶にする？」

「じゃあ、ほうじ茶で」

電気のポットで沸かした湯を、急須に入れる。ほうじ茶なら、蒸らし時間は短い。わたしはソファから立ち上がって、湯飲みを受け取りに行った。

祖母が、急須からお茶を注ぐのを待つ。思い切って聞いてみた。

「お祖母ちゃん、ひいお祖父ちゃんが亡くなったときのこと、覚えている？」

急須を傾けたまま、祖母は驚いたようにわたしを見た。

「どないしたん？　いきなりそんなこと聞いて」

「うん……ちょっと。ひいお祖父ちゃんって、違う女の人の家で亡くなったんでしょう。お祖母ちゃんはそのとき、どんな気持ちやったんかな、と思ってさ」

「それ、誰に聞いたん？」

そう聞き返されて、どきりとする。わたしはその話を曾祖母——榊さんから聞いた。親戚の中にも、当時のことを覚えている人なんて、ごくわずかだろう。

わたしはぎこちなく笑顔を作った。

「え？　お祖母ちゃんが話してくれたんよ」

祖母は納得いかないような顔で、首を傾げた。

「そうやったかいな……話したかな」

「うん、そうだよ」

わたしは湯飲みを二つ、リビングのテーブルまで運んだ。嘘をつきたいわけではないが、本当のことを話しても信じてもらえそうにない。

祖母は、後からゆっくりときて、ソファに腰を下ろした。

「うーん、正直、わたしももう大人やったからなあ。もう結婚してたし、今の小梅よりも年上やったし。お父さんに、よそに女の人がいることは知ってたけど、お母さんはどうでもいいみたいやったし……」

湯飲みを両手で包み込みながら、祖母は話した。

「だから、悲しかったけど、耐えられへんほどつらかったかというと、そうでもないんや。ああ、そういうことってあるんやな、と思っただけで……。他の人は、すごく可哀想なことみたいに言うけど、わたしはそんなにショック受けたわけでもない。親戚の人たちはなんや怒ってたけどなあ」

祖母の兄のことを、わたしは知らない。わたしが生まれる前にはもう亡くなっていた人だ。お墓参りの時に、存在を思い出すだけだ。

「その頃、凍滝《いてたき》がえらい繁盛していて、毎日が目が回るくらい忙しかったから、そのせいもあったかもしれへん。お金も貯まったたし、二店目を出す話も進んでたし、ああ、世の中ってええことだけやないんやなと思ったんは覚えてるわ」

わたしなら、父がよその女性の家で死んだら、とてもショックだし、つらいと思う。だが、それはわたしが父のことを信頼しているからで、もし信頼が損なわれていたのなら、そんなに悲しくはないのかもしれない。

「他の店を出す話もあったの？」

曾祖母の代から、凍滝は今の場所にあった。二店目なんてはじめて聞いた。

「出すはずやったんやけど、お母さんがそのとき、店の権利の売り買いで騙されて、お金だけ持って行かれて、それで終わり。まあ、全財産を持って行かれたわけではないし、元の店はそのままやから、お母さんは『あんまり欲ばったらあかんってことや』なんて言ってたけど。星回りの悪い年やったんやと思うわ」

話を聞きながら、わたしは焼いてきた最中の皮に、デーツあんを詰めた。

祖母が身を乗り出す。

「なに？　それ。最中？」

「うん、そう。ドライフルーツの最中。食べてみて」

さくさくとした皮と、デーツのあんはよく合うと思う。小豆のあんとはまた違って、甘さの中にフルーツらしい爽やかさがある。レモンピールを混ぜたものも作ってみたが、そちらも美味しかった。

祖母は興味深そうにそれを食べた。

「へえ、おもしろいやん」

「美味しくない?」

「美味しいよ。でも、わたしはやっぱり小豆の方が好きやわ」

たぶん、そう言われると思っていた。でも、美味しくないと言われなかっただけ、まだいい。

もうひとつ、聞きたいことがあった。

「ねえ、お祖母ちゃん、お母さんがお父さんと結婚すると言ったとき、どう思った?」

「なんやのん、小梅。今日は、家族の歴史でも聞きにきたん?」

祖母はそう言って笑った。

曾祖母が偏見を抱いていたのなら、祖母はどうだったのだろう。わたしの知る限り、祖母が父のことを嫌っているような様子はないし、一緒に住んでいたときも喧嘩などほとんどしていない。祖母から父の悪口を聞いたこともない。

でも、最初からそうだったのだろうか。

祖母は目を細めた。当時を思い出しているのだろうか。

「そうやねえ。最初はびっくりした。偏見はないつもりやったんやけど、うちは和菓子屋やったから、特にね。でも、会ってみたらええ人やったし、それがいちばん大事やと思ったから」

それを聞いて、わたしは胸をなで下ろした。悲しくなるような答えじゃなくてよかった。

だが、祖母はふうっとためいきをついた。

「でも、今やからそう言えるだけで、当時はもっと悪い未来もいろいろ想像したわ。反対した方がええんかな、と思ったこともある」

「うん……」

胸がちりちりした。祖母の決断が違えば、わたしはここには存在しなかったのかもしれない。

祖母は、最中を食べ終えて言った。

「でもね、最近、思う。『ええ人やから、国籍や生まれは気にしない』って言うのも、やっぱりちょっとおかしいなあって。だって、悪い人やったら気にするってことやんねえ。いい人か悪い人かに、そこは関係あらへんのに」

それはたしかにそうだ。

たとえば、「お父さんが偉い人なのに、息子は悪い人間だ」とか、人は普通に口に出す。わたしだって、「美人なのに、意地悪だ」とかくらいは言ったことあるかもしれない。

そのふたつはまったくつながりがないのに、勝手につながりがあるような気がしてしまうのだ。

つまり、偏見とは自分の目で見ないで、頭の中にある人物像を勝手に見てしまうことなのだろうか。

ふいに思った。たくさんの人と会ったり、いろんな人の話を聞いたり、本を読んだりすれば、そんな罠《わな》にかからなくて済むのだろうか。

それとも、どんなにたくさんの人と会っても、自分の頭の中しか見えない人はいるのだろうか。

ふいに思った。もし榊さんが、この時代まで生きていれば、もう少しいろんなことを受け入れることができたのだろうか。

もちろん、それは単なる想像で、実際にはそんなに長生きすることは難しいし、年を取れば取るほど意固地になる場合もある。

それでも、そう考えることで、わたしの痛みが少しだけ軽くなる気がした。


夜になってから、わたしは「スナック・チコ」に電話をかけた。

電話に出た女性は、わたしのことを覚えていたようで、怪しむことなく、千寿子さんに代わってくれた。

「あの、綾乃さんに手紙を送っていただきました。どうもありがとうございました」

「そう？　綾乃さんもびっくりしてたけど、それでよかったたん？」

答えには困る。わざわざ探して、送ってくれたのに、違うと言うのは、あまりに図々しい気がした。

ことばを探していると、千寿子さんが尋ねた。

「もしかして、違ったん？　わたしは中身までは知らんけど、綾乃さんも、ちょっと気にしてはったんよ。榊さんからもらった手紙はこれだけやから、たぶんこれのことちゃうかなあと言ってたけど、でも、たしかひいお祖父さんへの手紙って、言ってたよね。幽霊が」

「はい、幽霊が」

なんだか間の抜けた会話だ。

「でも、他に手紙なんてなかったって。禎文さんの遺品は全部返したって、綾乃さんは言っている」

つまりは、ここが行き止まりということだ。

わたしはできるだけ丁寧に、煩《わずら》わせてしまったことの礼を言った。綾乃さんの住所は知らないから、伝えてもらうしかない。

たった一通の手紙など、六十年の間に行方不明になっても不思議はないし、そもそもその手紙が存在した証拠すら、どこにもないのだ。


夏の間、凍滝では水ようかんを作る。

少し甘さを抑えて煮た小豆を、寒天と葛粉《くずこ》で固める。そんなにたくさんは作れないが、毎年、楽しみにしてくれている常連客もいる商品だ。

つるんとした口当たりに涼感があり、夏バテして、あまり重いものが食べたくないときでも食べられる。

病気の人へのお見舞いに、などといって買っていく人もいる。

パックに詰めてシールで密封するから、普段、凍滝で売っているお菓子よりは長持ちする。

去年から、水ようかんに、赤い金魚を泳がせることにした。カップの底に赤い金魚の寒天をあらかじめ入れておく。ちょっと手間はかかったが、その分、水ようかんの売り上げが増えた。他のお菓子を買いにきた人が、赤い金魚に目を止めて、買ってくれることが多くなったのだ。

その小さな金魚が、自信を与えてくれたような気がした。

わたしは八個入りの水ようかんを、自分で二箱買い、お礼状を添えて、「スナック・チコ」へと発送した。

曾祖母はあれから現れない。つぐみともすれ違いばかりだ。

だから、自分がなにか、不思議な夢を見ていたような気がするのだ。

九月に入ってすぐ、巨大な台風が日本に向かっているというニュースが流れた。

しかも、関西を直撃するらしい。

母は台風の進路を確認しながら、工房で作る量を調整し、前日に休業を決めた。

たとえ、思ったより被害が少なくても、大雨の中、和菓子を買いに来る人は少ないだろうし、従業員を危険に晒《さら》して出勤させずに済む。

大阪市内の百貨店や商業施設も、ほとんど休業するようだ。

数年前までは台風がくるからといって、商業施設や交通機関が休むことはほとんどなかったような気がする。大雨の日でも、祖母と母は店を開けていた。

大阪は特に、六月の地震の爪痕《つめあと》が、まだ残っている。家や店のまわりでも、塀が崩れたままになっていたり、屋根にビニールシートをかけた家が、ぽつぽつとある。

その後、各地で豪雨による水害が発生したこともあり、大阪の地震のことはみんな忘れてしまったような気がする。

いや、他の地方の災害で忘れられるのなら、まだ仕方ないと思える。テレビのニュースは二年後の東京オリンピックの話題を高らかに謳《うた》い上げ、そのたびに、どこかしらけたような気持ちになるのを抑えられない。

今年も、真夏は昼の外出を控《ひか》えなければならないくらい、暑かった。熱中症で何人も人が搬送されたと聞く。それなのに、七月から八月の間に、東京でオリンピックを開催するなんて、どう考えてもばかげていると思った。

秋や冬にやればいいのに、それは大人の事情でできないのだという。

人が暑さで死ぬかもしれないことよりも、それはきっと大事なことなのだろう。だとしたら、それは「平和の祭典」などと言えるものではない。

まだ完全に復興したとは言えない東北の人たちの中にも、きっと同じ気持ちでニュースを見ている人たちはいるのだろう。

前の夜に、自転車や植木鉢を部屋の中に運び込んで、雨戸を閉めた。窓ガラスには養生テープで目張りをした。

夜の十一時頃、家の電話が鳴った。母はちょうど、風呂に入っている。

つぐみはまだアルバイトから帰っていないが、彼女なら携帯電話にかけてくるだろう。

深夜の電話には、不吉な予感がつきまとう。受話器を取ると、祖母の声がした。

「もしもし、わたしやけど」

普段なら、祖母は寝ている時間だ。

「お祖母ちゃん、どないしたん？」

「ああ、小梅か。別にたいしたことないんやけど、お祖母ちゃん、さっき、ぎっくり腰になってしもたみたいで……」

「ええっ！」

「台風やから、ベランダの植木鉢動かしてたら、いきなり腰痛くなって、動かれへんようになってしもて……」

「大丈夫なん？」

「まあ、何度もやってるから、救急車呼ぶほどでないことはわかるし、這《は》って、トイレ行ったり、水飲んだりはできるから、死んだりはせえへんやろうけど」

声は意外と明るいから、少しほっとする。

「車でこれから行こうか？」

「もう遅いし、わたしも鎮痛剤《ちんつうざい》飲んで寝るから、今日はええわ。でも、明日、台風が通り過ぎた後に、お母ちゃんでも、あんたでも、つぐみでもいいから、ちょっと手伝いにきてくれへんかなあ」

「うん、わかった。お大事にね」

電話を切ると、パジャマ姿の母が顔をのぞかせた。

「電話、なんて？」

「お祖母ちゃんから、またぎっくり腰やって」

「えっ、またこんなややこしいときに」

台風がくるから、ベランダの植木鉢を室内に入れ、普段やらないことをやるから、腰を痛める。因果関係はある。

「これから行かなくても大丈夫そう？」

「うん、お祖母ちゃんももう寝るって。明日、台風が通り過ぎてから、誰かきてほしいって」

祖母が腰を痛めることは、これまでもあった。ひどいときは、夜も眠れないほど痛むと言っていたから、今日はまだ軽い方なのだろう。

ずっと立ち仕事を続けてきたからだろうか。

「ほんま？　それやったら、よかったけど」

玄関の鍵が開く音がした。

「ただいまあ」

元気よく帰ってきたのは、つぐみだ。

台所に入ってくると、重そうなリュックを椅子に置いて、冷蔵庫から麦茶を出して飲んだ。

「お帰り。今日も遅かったね」

「うん、台風の準備に忙しくてさ」

彼女は今、二駅ほど離れたコンビニエンスストアで働いている。

「明日は、休むんでしょう？」

母の質問に、彼女は素っ気ない口調で答えた。

「うーん、台風がひどくて電車が止まったら、休むしかないけど、電車が動くのなら行かないと」

「非人道的だ……」

思わずそう言うと、つぐみは麦茶の瓶を冷蔵庫に戻しながら笑った。

「まあね。店長曰《いわ》く、コンビニはライフラインだからだってさ。本部も、なるべく開けるようにって言ってきてるみたい」

ライフラインなのは事実だろう。地震の時も、開いているコンビニがあるだけでほっとした。

でも、そこで働く人たちは、台風が近づいていても出勤しなければならない。店を開けることを決めた本部の人たちは、頑丈で快適なビルの中で、その決断を下すのだろう。

「晩ご飯は？」

母が、コップを洗っているつぐみに尋ねた。

「店で食べた。なんか残ってたら明日朝食べる。お風呂沸いてる？」

「沸いてるよ。お母さんはもう入ったけど、小梅はまだ」

母がそう言うので、わたしは慌てて言った。

「わたしは明日休みだから、後でいいよ。つぐみが先入ったら」

「そう？　じゃあお先」

彼女はリュックをそのままに、自分の部屋に行ってしまった。

綾乃さんからきた手紙のことについて尋ねられないのはありがたいのだが、気にならないのだろうかとも思ってしまう。

留学という大きな決断を目の前にしている彼女にとっては、そんなのは些細《ささい》な出来事なのかもしれない。


翌朝、目を覚ましたときには、もうつぐみは出かけてしまった後だった。

台風がやってくるとは思えないくらい、風も静かで、雨すら降っていない。本格的に暴風雨圏に入るのは午後からという話だった。電車もまだ普通に動いている。

「わたし、今のうちに、お祖母ちゃんところに行ってこようかな」

鉄筋コンクリートのマンションだから、うちよりも安全だろうし、たとえ電車が止まっても、泊めてもらえばいい。

「そうやねえ。お祖母ちゃんも心配やし」

わたしは母から、祖母の家の鍵を受け取った。これでわざわざオートロックや部屋の鍵を開けてもらわなくても、中に入れる。カップラーメンやペットボトルの水などをリュックに詰めて、わたしは玄関に向かった。母の声が追い掛けてくる。

「気をつけていきなさい。台風がひどいようなら、今日はもう泊まったらええから」

「うん、そうする」

だが、そう言いながらも、わたしはどこかで軽く考えていた。

大阪を台風が直撃すること自体が、稀《まれ》なことだし、これまで、気をつけるようにとニュースで言われても、大した被害はでなかったことがほとんどだ。

電車はがら空きだった。ほとんどの人たちは、今日は一日家に籠もるのだろう。

まだ開いていたスーパーで、バナナやパンなど、すぐに食べられるものを買い込み、祖母の家に向かう。

自分でオートロックを解除して、玄関の鍵を開けた。

「お祖母ちゃん、きたよ」

コロッケが奥から、小走りに現れた。なにかを訴えるような声で鳴く。

「小梅？　台風が通り過ぎてからでよかったのに……」

祖母の声が聞こえてきてほっとした。

中に入ると、祖母はソファでうつぶせになってぐったりとしていた。

「大丈夫？」

「まあ、なんとか……。コロッケのトイレ、掃除してあげてくれる？」

わたしは荷物を置くと、コロッケのトイレの砂を入れ替えた。コロッケは満足したように、きれいなトイレでおしっこをした。どうやら、さっきの訴えるような声は、トイレが汚かったことへの不満らしい。

もう一度、汚れた砂を捨てて、新しい砂を足す。

「お祖母ちゃん、パンかバナナか食べる？　カップラーメンも持ってきたけど」

「熱いものはええわ。パンとバナナと両方ちょうだい」

台所からストローを探して、ペットボトルのお茶に差して、祖母に渡す。菓子パンの袋を開けてから渡すと、祖母はうつぶせのまま、それを食べ始めた。

「助かったわ。鎮痛剤飲みたいけど、なにも食べへんかったら胃を壊すし」

菓子パンとバナナを食べると、祖母はロキソニンを飲んで、またうつぶせになった。

わたしはベランダの物干しを片付け、窓を閉めた。祖母とわたしの携帯電話を充電器につないだ。

風の音が少しずつ強くなる。


正直なことを言うと、わたしは台風を侮《あなど》っていた。

そもそも大阪で、それほどの被害が出ることはめったにない。雨も風も、あっという間に通り過ぎてそれで終わりだ。電車が止まったりすることだけに気をつければ、それでいいと思っていたのだ。

だが、こんな嵐を、わたしははじめて経験した。

マンションそのものが風でぐらぐら揺れているようだった。窓の外を、看板や、木や、わけのわからないものが飛ばされていくのが見えた。

祖母は、うつぶせになったまま、テレビを凝視《ぎようし》し、わたしは携帯電話で、ニュースやSNSを眺めていた。

車が飛ばされ、家までも飛ばされていた。コロッケはクローゼットに引きこもって、出てこなかった。

祖母は何度も、「小梅がきてくれてよかった」と言った。わたしも急いでここにきてよかったと思った。自宅にいたら、祖母のことが心配で仕方なかっただろうから。

轟々《ごうごう》と風が鳴り、天の底が抜けたように雨が降る。

カーテンを開けて、外をのぞくと、街路樹が途中から折れて倒れているのが見えた。駐車場の車も横転していた。

さすがにこのマンションがぽっきりと倒されることはないだろうと思うが、なにもかも想定外で油断はできない。

やがて、電気がぷつりと消えた。停電だ。

夕方近くになると、風も少しずつ静かになってきた。

停電はまだ続いているが、暗くなる前だったから、懐中電灯を探して、近くに置くことができた。携帯電話の充電も、モバイルバッテリーを持ってきているから、一晩は大丈夫だろう。

「家の方は大丈夫なの？」

祖母はしきりに、家や店のことを気にしている。

「大丈夫だと思うけど……ちょっと電話してみる」

わたしは母の携帯電話にかけてみた。

すぐに受話器が取られる。

「あ、小梅？　そっちは大丈夫？」

「お祖母ちゃんちは大丈夫だよ。停電はしているけど」

「うちも停電してる。家は特に壊れたりはしてないと思うけど。店は明日、見に行くわ」

「お母さんは怪我はない？」

「ずっと家にいたから大丈夫」

それを聞いてほっとする。だが、母は続けて、思いもかけないことを言った。

「でも、つぐみと連絡が取れないの。携帯電話に出ないから、働いているコンビニに電話してみたら、今日は休みだって」

第十章

わたしは携帯電話を握りしめて尋ね返した。

「休みって、急に休んだってこと？」

「ううん、今日はもともとシフト入ってなかったって」

つまり、つぐみは昨夜、嘘をついていたということだ。

もちろん、わたしだって、詳しく話したくないときに、予定を適当にごまかすこともある。憂鬱《ゆううつ》な誘いの時「その日は仕事がある」と言ったり、誰と出かけるか話したくないときに、別の友達の名前をあげたりする。

だから、つぐみがアルバイトだと言って、別の場所に行っていたとしても、驚きはしない。

ただ、今日はいつもと同じ日ではないというだけだ。

百貨店も映画館も閉まっている。たぶん、こんな日に男の子とデートしたりもしないだろう。

じゃあ、彼女は嘘をついて、いったいなにをしようとしていたのだろう。

台風については、単純に大したことないと侮っていたのかもしれない。わたしだって、こんなに大変なことになるとは思わなかった。

今、彼女はどこにいるのだろう。

昨日から嘘をついていたということは、いなくなったのはつぐみなのだと思いたい。つぐみではなく、榊《さかき》さんだったらもっと大変なことになる。

「まあ、さすがに友達の家とか、そういうところにいるんじゃないかと思うけど、携帯電話の電源を切ってるから、心配なんよ」

「まあ、停電しているから、充電が減らないように、一時的に切ってるだけかも……」

わたしは母を安心させるためにそう言った。

たとえそうでも、こんなにひどい台風の後、家族の誰かにまったく連絡しないなんてことがあるのだろうか。

「今日はもう泊まって帰るでしょ。こっちは大丈夫だから」

母はそう言った。

「うん、後で、わたしもつぐみに電話してみるわ」

そう言ってわたしは電話を切った。

つぐみのことは心配だが、ひとつだけ安心なのは、台風はもう行ってしまったということだ。地震と違って、余震がくることはない。

わたしは、携帯電話でつぐみのＳＮＳを探す。とりあえず、なにか書き込みがあれば安心だ。フェイスブックにアクセスすると、わたし宛にメッセージが入っていた。

「間借りカレー　アマテラス」の名前だということは、ジュンさんだ。

読んで目を疑う。

「実は、今日、つぐみちゃんが店にくる約束をしてたんだけど、こなくて、連絡も取れないんだよね。なにもないならいいけど」

「店にくるって……？　何の用で？」

ジュンさんからの返信はすぐにあった。

「なんか、相談があるって言っていたけど」

なんでつぐみを知っているのか、尋ねようと文字を打って、すぐに気づく。わたしはつぐみと一緒にジュンさんに会っている。あのときは、榊さんだったというだけの話で、ジュンさんにとっては同じことだ。

スナック・チコでジュンさんの話も出たし、つぐみだって、彼のことを知ることはできた。

「台風なのに、お店にいたんですか？」

「うん、開けられなくても仕込みはしないといけないからさ。もし帰れなくても、夜は休業だから、台風をやり過ごしてから帰ればいいし。でも、すごかったよなあ。おんぼろビルだから、吹っ飛ぶかと思った。ちょっとグラスなんかも割れたから、店にいて良かったよ」

「停電はないですか？」

「ここらへんは大丈夫」

場所によってかなり違うようだ。

まだ電車は動いていない。だが、つぐみがジュンさんに会うために北新地に向かっていたなら、そのあたりで迷子になっている可能性だってある。

「わたしもつぐみが今、どこにいるのかは知らないんですけど……、もし連絡あったら、お知らせしますね」

「うん、怪我とかしてなければ別にいいんだけど、ちょっと気になっただけ」

普通なら、つぐみは約束をすっぽかすような子ではない。

それに、彼女はジュンさんになにを相談しようとしていたのだろう。

わたしは、つぐみの携帯に電話をかけてみた。やはり母の言っていた通り、電源を切っている。メッセージやメールなど、いくつか送ってみてから考える。

わたしの自宅から北新地までは遠いが、淡路から北新地までは、歩いても一時間と少しだ。普段なら歩こうとは思わない距離だが、歩けないわけではない。

電車が今夜のうちに動き出すかどうかはわからないが、止まったままなら、また祖母のマンションまで帰ってくればいい。

わたしは携帯電話とモバイルバッテリーを握りしめて立ち上がった。


水とチョコレート、そしてモバイルバッテリーをリュックに入れて、わたしは祖母のマンションを出た。

祖母のことも心配ではあるが、ぎっくり腰もそこまでひどいわけではなさそうだ。停電がいつまで続くかはわからないが、パンもバナナもまだあるし、ガスはつくから、明日になればお湯を沸かして、カップラーメンを作ることくらいはできるだろう。もし、それも難しいようなら、明日、車で様子を見に来ればいい。

今は祖母よりも、どこにいるのかわからない、つぐみのことが心配だ。普段ならサバイバル能力はわたしよりあるだろうけれど、今はふとした拍子で明治女になってしまうのだから、油断ができない。

外に出て、わたしは息を呑んだ。こんな暗い街を、わたしは見たことがなかった。

修学旅行で沖縄に行ったとき、街灯もなく、月も出ていない、真っ暗な闇の中を歩いたことはあったけれど、そのときは同級生たちと一緒だったし、怖くはなかった。

だが、今、よく知る街が真っ暗なのは、たまらなく怖い。

携帯電話とインターネットは通じる。

わたしは、南に向かっていることを確認して歩き出した。

道路を走る車のライトが、唯一の明かりだ。街路樹が倒れていたり、窓ガラスが割れていたりするのが、車が通るたびにわかる。信号も止まっていて、道路を渡るのが怖い。

少し歩くと、街灯がついている地域に出て、ほっとする。どこもかしこも停電しているわけではないようだ。

だが、明かりがあれば、その分、街の被害もよくわかる。横転した車、ぽっきりと折れた電柱、崩れたブロック塀。

馴染みのある通りではないが、自分の街を襲った爪痕の大きさに胸が痛くなる。

歩き続けて、淀川《よどがわ》に出た。

淀川を越えたら、大阪の中心部だ。そこから北新地まではさほど遠くない。

淀川の向こうはまだ停電が少ないのか、あちこちに電灯がつき、明るく輝いているように見える。その明るさが、ひどく遠く感じられて足がすくんだ。

ここまで歩いてきただけでも、停電している地域と、そうでない地域がはっきりわかれていた。

たまたま見えている場所が明るいのか、明るいところだけ目立つのか、渡ってみなければわからない。インターネットのニュースを見たところ、南の方の被害も大きいようだった。

水を一口飲んで、わたしは橋を渡りはじめた。徒歩で淀川を渡るなんて、めったにないことだ。

大阪中心部を横切る、広い川はたいてい、電車で越える。川の存在を意識することも少ない。

徒歩や自転車で渡れる橋も限られている。今より、もっと昔は川が分断するものも大きかったのだろう。

遠くに御堂筋線《みどうすじせん》が走っているのが見えて、そのことに驚く。今日中には復旧しないのではないかと思っていたが、もう動き出している。

御堂筋線は最寄り駅の路線ではないが、大阪市内を縦断する線だから、家まで歩ける場所まで帰ることができる。少しだけ心強くなった。

とはいえ、ここまできたら、北新地までは歩く方が早いし、まだ電車も混雑しているだろう。

わたしは大きく深呼吸して、また歩き始めた。


いつも賑やかな梅田の街が、ゴーストタウンのようだった。

行き来している人も普段にくらべるとかなり少ないし、店はどこも閉まっていて、ひっそりとしている。看板や、街路樹も倒れていて、道にはゴミが散乱している。

だが、明かりがついていることが、わたしの気持ちを軽くした。たぶん、数日で元に戻るだろう。

地震のときも、中心部はすぐに前と変わらない状態に戻った。

まずは、地下街に降りて、そこから北新地へと進む。地下街なら台風でも被害は少ないだろうし、つぐみが地下街にいる可能性もある。

地下街の店もほとんど閉まっていて薄暗かったが、行き場をなくしたような人があちこちに座っていた。

だがつぐみの姿はない。送ったメッセージに返信がないか確認したが、なんの反応もなかった。読んだ気配すらない。

アマテラスの近くまできたので、地上に出てみる。ジュンさんに話を聞いてみてもいいかもしれない。

そう思って、雑居ビルの前まできたわたしは自分の目を疑った。

雑居ビルの前に行列ができていた。ここはほとんどスナックやバーしか入っていないはずなのに、なんの行列だろう。

見れば「アマテラス」の看板が出ている。営業しているのだろうか。

わたしは行列の横を通って、階段を上がった。やはり、行列は「スナック・チコ」つまり「アマテラス」へと向かっていた。思わず人数を数えてしまう。

わたしはドアを開けて中に入った。

こちらを見たジュンさんが、すがるような目になった。

「こ、小梅ちゃん！」

「どうしたんですか？」

「いやあ、常連さんとインスタでやりとりしていて、食事をするところがないと言っていたから、『じゃあ開けますよ』って言ったら、えらいことになっちゃって……」

それで理解した。

台風のために店はほとんど閉まっているが、仕事のため、街に残っている人はたくさんいた。彼らはお腹が減っても食事をする場所がない。コンビニだって閉めているところが多い。

頭がとっさに営業モードになる。わたしはジュンさんに尋ねた。

「全部で三十五人並んでますよ。全員に出せますか？」

「無理！　えーと……三十食作って、もう十二食くらい出て……ああ、でも昨日、売れ残ったのを五食くらい冷凍してあるのと、グレイビーはあるから、ベジタブルカレーなら今から作れる……。ごはん炊いたら、ぎりぎり三十人くらいならなんとか……」

わたしはお客さんに聞こえないようにこっそりジュンさんに言った。

「三十人分のカレーなら、ちょっとずつ分量減らせば三十五人いけるのでは？」

ジュンさんは驚いた顔になった。

「小梅ちゃん悪い人だな……」

「今は並んでくれている人全員に提供する方が大事ですよ！」

他の店という選択肢がないから、彼らは待っているのだ。わたしは紙をもらって、赤いペンで「本日はもう終了です」と書いた。

それを持って、また下に降りて、アマテラスの看板に貼る。またふたりほど並ぼうとした人がきたので、頭を下げて、これ以上は提供できないことを説明した。

急いで店に戻る。ちょうど炊きあがった八合炊きの炊飯器の中身を、別の鍋に移して、わたしが持っていたストールで包んだ。これでしばらくはあたたかいままだ。列のことを考えると、そこまで長時間の保温は必要ない。

そのまま炊飯器を洗って、新しく米を研いで、スイッチを入れた。浸水した方がいいが、今はそれどころではない。

それが終わると、シンクに山積みになっていたカレー皿とスプーンを洗った。

「あっ……助かる……本当に助かる……ありがとう」

焦りのあまりあわあわしていたジュンさんも落ち着いてきたようだ。野菜を切り始めたところを見ると、ベジタブルカレーの準備を始めるのだろう。

すでに炊きあがっている分のごはんの量を確認して、ごはんに関しては、なんとかなると判断する。

カレーの調理と、提供はジュンさんにまかせて、わたしは会計と洗い物、カウンターの拭き上げに徹《てっ》した。

飲食店で働いたことはないが、工房と店で毎日働いているから、そのあたりは似たようなものだ。

ときどき下まで降りていって、これ以上並ぶ人が増えないかチェックする。人がきても、最後尾のお客さんが説明してくれているようだった。

ベジタブルカレーを作り終えると、ジュンさんはようやく落ち着いたらしく、ためいきをついた。

あとは、客が席に着くたびにごはんをよそって、カレーを提供するだけだ。

「ほんま、助かったあ……、地獄に仏や……あとでバイト代出すわ……」

「大丈夫です。その代わり、またカレー食べさせてください」

「や、ほんまほんま、未来永劫ただにするわ」

大げさなので少し笑ってしまう。

洗い物をしていると、ジュンさんが尋ねた。

「それで、つぐみちゃんから連絡あった？」

忘れていた。あわてて携帯電話をチェックする。

「まだです……。大丈夫だと思うんですけど」

本当のところは大丈夫かどうかなんてわからない。だが、ジュンさんに心配をかけても仕方がない。

「それで、つぐみは、何の相談があるって言ってましたか？」

「えー、おばあちゃんについて、とか言っていた」

やはり綾乃さんのことか。つまり、曾祖母はあの手紙では納得していないのだ。

「どうしても心残りがあるんやって。心残りって言われてまうとなあ……」

心残り。わたしにはそうは言わなかったのは、曾孫の前で意地を張ったのか。

ふいに思った。曾祖母なら、あの嵐を見て、なにを考えたのだろう。地震の時でも、店を開けて、きんつばを焼いてた彼女だったら。

わたしは店内を見回した。あとは、ジュンさんだけでもなんとかなりそうだ。

「わたし、つぐみを探してきます。また連絡していいですか？」

「うん、もちろんや。ほんま、ありがとうな。助かったわ」

ちょうど、食べ終わった男性客が、「ごちそうさん」と言って、千円札を差し出した。

ジュンさんは「ありがとうございますー」と受け取ったので、わたしは横から「お待たせして申し訳ありませんでした」と言った。

男性客は、笑いながら「ほんまやで」と言った。

「でも、美味しいカレーが食べられてほっとしたわ。またくるわ」

彼が帰ってしまうと、ジュンさんが小さくつぶやいた。

「来年くらいには、間借りじゃなくて、店を持てるかなあ……」

わたしは笑った。

「きっと大丈夫ですよ。ジュンさんのカレー、おいしいですもん」

それだけは間違いない。


動き出して、一時間以上経つせいか、電車は思ったより空いていた。

窓の外の景色がいつもより暗い以外は、なにも変わらないように思う。

やたら長い一日だったのに、まだ気持ちが昂《たか》ぶっているせいか、疲れたような気がしない。

駅に到着しても、家に帰るまでは一時間ほど歩かなければならない。明日はきっとくたくただろう。

だが、不思議とつぐみのことは心配していない。彼女がどこにいるのかわかったような気がした。

電車を降り、リュックを背負って歩き出す。水はアマテラスで補充させてもらった。お腹は空いたけれど、帰ればなにか食べるものはあるだろう。

車はもうほとんど走っていない。バスも運休だった。信号が動作していない場所も多いから、走らせることができないのかもしれない。

タクシー乗り場は長蛇《ちょうだ》の列だった。乗るのに、きっと時間がかかるだろうし、ならば歩いた方が早い。

台風が過ぎ去ったせいか、空に月が浮かんでいる。削《そ》いだような三日月で、そのせいか淡路から歩き始めたときよりも明るい気がする。

坂をひたすら上っていくと、停電していない地域に出た。木は倒れたり、ゴミが散乱したりはしているが、そのあたりだけ、変わらない日常が継続しているようだ。

コンビニが営業していたから、中に入る。水やパンなどは売り切れていたから、炭酸飲料とお菓子を買った。

そこを通り過ぎると、また停電している地域に入る。道を歩いていたってわかる。街灯もついていないし、どの窓も真っ暗だ。

歩きながら、昔のことを思った。曾祖母が生きていた時代。わたしなどまだ存在もしていなかった遠い昔。

道は舗装されていなかっただろう。戦争中は、ずいぶん空襲もあったと聞く。燃える炎の中を子供を連れて逃げたりもしたのだろうか。

昔にくらべて、あなたは恵まれていると言われたら、反発せずにはいられない。この先、間違いなく人口はどんどん減っていき、わたしたちは高齢者の生活を支えなければならない。年金だってもらえるかどうかわからない。働けばどんどん生活が向上していた時代を過ごした人たちが、今もえらい立場にいて、変わることを拒否している。

そんな人たちに、恵まれているから感謝しろと言われても、吐き気がするだけだ。

だが、曾祖母が戦争の中、五人の子供たちを守りながら生きていたことは間違いない。和菓子屋をはじめ、たくさんのお菓子を朝から晩まで作って、自分で売った。芋あんのきんつばだって、小豆が思うように手に入らなかった時代に考えついたものだろう。

今は古く感じられたって、その時代には貴重なお菓子の原料だった。

いつから、曾祖父との仲がうまくいかなくなったのかはわからない。祖母は、もうずっと前から曾祖父には女がいるのだと知っていたという。

うまくいくこともあれば、うまくいかないこともある。その中で、曾祖母は生きてきた。

わたしは小さくつぶやいた。

「ねえ、ひいお祖母ちゃん。わたし、ひいお祖母ちゃんが言ったことを、全部許したわけじゃない。ときどき、思い出してむかつくと思う」

それでも、もし、曾祖母が今まで生きていて、わたしやつぐみと長く過ごしたり、父と会っていたりすれば、あんなことは言わなかったと思う。そう考えることはできる。

自分がもし、曾祖母と同じ時代に生きていたら、どんなふうに物事を見て、どう受け止めるだろう。それから、あと五十年や六十年後まで生きたら、どんなふうに世界が見えるだろう。なにも想像できない。せめて、もう少し大人になれば、もうちょっと想像しやすくなるのだろうか。

なぜ、歩いているときにはいろんなことを考えてしまうのだろう。思考がクリアになる気がするのだろう。

坂を下りてしばらく歩く。気づけば、店の方向に足が進んでいた。

店の近くは街灯が点《とも》っていた。このあたりは停電していないようだった。同じ市内でも停電している地域と、そうでない地域があるのは、電柱や電線の被害と関係があるのだろうか。

自然に歩みが速くなる。店の二階に電気がついていた。

母という可能性もあるが、そうではない気がした。裏口の鍵は開いていた。わたしは驚かさないように声を上げて、中に入った。

「小梅です。そこにいるのは誰?」

一階は真っ暗だ。二階へ向かう階段を上がる。

工房のエアコンが動いている。ドアを開けて、中に入った。

工房の作業台の上に、きんつばが並んでいた。三百個くらいはあるだろうか。半分は小豆のあん、そして残り半分はさつまいものあんだ。

休憩室の畳の上で、つぐみが眠っているのが見えた。彼女は芋あんのレシピなんて知らないはずだ。

あの嵐の中、曾祖母は思ったのだろうか。なるべく、早く、たくさんお菓子を作らなければならない、と。

だとしたら、さすがという他はない。

わたしは母親に電話をかけた。

「つぐみ、見つけたよ。連れて帰るね」

「本当？　よかったわ。どこにいたん？」

一瞬、ごまかそうと思ったが、どちらにせよ、きんつばの説明をしなければならないから同じことだ。

「店にいた。この前とたぶん同じ感じだと思う」

母が黙ったのがわかった。

「今寝てるから、もうちょっとで起こして連れて帰る」

「わかった。あんまり聞かんとくわ」

聞かないのは受け止められないからだろうか。わたしだって説明できないから、その方がいい。

祖母とジュンさんにも、つぐみが見つかったことをメッセージで知らせ、ひと息つく。

空腹が限界なので、芋あんのきんつばをひとつもらうことにする。まだほんのりあたたかいから、少し前に焼き終えたばかりなのだろう。

ぱくりと食べると、素朴な甘さが口の中に広がる。疲れてお腹が空いていたせいか、その甘さが身体中に染み渡る。

繊細なケーキとはまた違う。たぶん、疲れ果てたからこそのおいしさだ。

ほんの少しの甘さと素朴さが、心を救うのだと気づかされた。


三つ続けて食べた後、残りを冷蔵庫にしまった。きっと、こういうときに、この芋あんのきんつばはよく売れるだろう。明日の朝、早く店にきて箱詰めしなければならない。

ちょうど、片付けが済んだとき、つぐみががばっと起き上がった。

「約束！　忘れてた！」

そのしゃべり方は曾祖母ではなく、つぐみだ。わたしは話しかけた。

「ジュンさんのこと？　心配していたけど、ちゃんと知らせたから大丈夫」

「でも、すっぽかしちゃった……」

「それは気にしなくていいと思うよ」

少なくとも、今日、わたしはちょっと彼の役に立った。すっぽかしは許してくれるだろう。

わたしはつぐみの隣に座った。

「なんでジュンさんに会いに行ったの？　綾乃さんのこと？」

「うん……ひいお祖母ちゃんは、どうしても綾乃さんに会いたいんだって、会わないと心残りで仕方ないって……。でも、小梅はあまり綾乃さんに迷惑かけたくないみたいだから……」

わたしには曾祖母の思いの切実さはわからない。だが、同じ身体を共有しているつぐみにはわかるのかもしれない。

わたしはつぐみの肩に触れた。

「わかった。会いに行こう。話をしよう」

それで曾祖母の心残りが晴れるのなら。

最終章

ジュンさんにメッセージを送ると、すぐに返事が来た。

「ばあちゃんに、話を聞くように頼めばいいの？　たぶんデイサービス以外には特に用事はないから、いつでも大丈夫だと思うけど」

だまし討ちのようなことだけはしたくない。どういう用件かだけは伝えておきたい。

「瀧乃榊というのが、うちの曾祖母の名前で、その人の夫、つまり曾祖父が禎文といいます。綾乃さんはその人について知っていると思うから、覚えていることだけでも、話を聞きたいんです。長くはかかりません」

もし、綾乃さんが話したくないなら、断るだろう。

今日は台風のせいで、どこの家も大変だろうから、返事は急がない。そう伝えて、わたしはメッセージのやりとりを終えた。

ふたりでゴミをまとめた後、鍵を閉めて、店を出た。

つぐみがつぶやく。

「くたびれた」

それはそうだろう。きんつばを大量に焼いたのは曾祖母でも、身体は共有だ。

「明日はバイトあるの？」

「夕方からね」

だったら、朝はゆっくり眠れるだろう。

また街灯がついていない区域に入った。はるか先まで暗いから、ここから自宅がある地域までは、すべて停電しているのだろう。

毎日歩いて通勤してる道だから歩けるが、ときどき通り過ぎる車の明かりだけが頼りだ。

つぐみがまた口を開いた。

「知らない土地みたい」

「うん、そうだね」

暗いだけなのに、まるで別世界にきたようだ。このまま遠い遠いところまで歩き続けていくような気さえする。

「怖い」

つぐみが言ったことばに、わたしは少し驚く。

「もっと遠い、知らないところまで行こうとしてるくせに」

少し嫉妬《しっと》も交えてそう言った。

「それも怖いよ。考えただけで泣きそうになる」

「舞台に立つのは？」

「それも怖い。いつも足がすくむ」

怖くないから、なんでもできるのだと思っていた。でも、そうではなかったのか。怖くても、それでも一歩を踏み出す。それがつぐみなのかもしれない。

遠くに行く人は、なにも恐れていないわけではなく、怖くてもどうしても歩き出したい人なのだろう。

つぐみがふいに言った。

「お姉ちゃん、手をつないでいい?」

わたしはちょっと笑った。普段はしっかりしているくせに、こういうときだけ妙に甘え上手なのだ。それが妹であるということかもしれない。

「いいよ」

わたしは手を伸ばして、つぐみと手をつないだ。なぜか、誇らしいような気持ちになる。

「お父さんがね。わたしもどこかに旅行に行ったり、勉強しに行ったりする時間をくれるって言ってる」

「どこに行くか決めた?」

つぐみは意外そうでもなく、そう尋ねた。

この前まで、迷っていた。でも、今決めた。

「つぐみが留学している期間のどこかで、エジプトに行くよ」

そしてつぐみと一緒にいろんなものを見るのだ。

「やったー。できるだけはじめの方にきてね」

「なんで?」

「絶対、不安だし、困ってるもん。きっと後半は慣れてる」

ちゃっかりしている。

「一ヶ月?　二ヶ月?」

「そんなのはまだわからないよ。たぶんそんなに長くはいられない」

どれだけ休めるのかまだわからないし、他の場所にも行きたくなるかもしれない。予算の問題だってある。

それでも彼女がわたしを頼ってくれるのがうれしい。たぶん現地に行けば、わたしの方が何十倍も役立たずで、彼女に頼りっぱなしになるのだとしても。

家が、近づいてくる。たとえ明かりがついていなくても、それだけで心強くなる。

わたしも彼女にとってそんな存在でありたいと思った。


結局、停電は一週間くらい続いた。

店は停電していない区域だったが、銀行も閉まっていておつりも用意できないし、材料を配達してもらっている会社も、被害を受けてしまった。

あちこちで、信号も停止したままだから、車で遠くに行くのも危ない。三日間店を閉めて、その後は短時間だけ開けた。

とはいえ、街全部が停電しているわけではない。銭湯は停電地域の人は無料で入れたし、市役所や公民館などで、携帯電話の充電もできた。ちょっと歩けば営業しているスーパーもあった。

震災などによる広範囲の被災よりは、たぶんかなりマシだ。

父は心配して「家に帰る」と何度も言ったが、被災してない人まで帰ってきて不便を味わう必要などない。

母とわたしたちは、店にホットプレートを持ち込んで、自宅の冷凍庫で解凍された肉を焼いたり、冷凍餃子を焼いたりした。

つぐみの作ったきんつばは、店の冷凍庫で保存して、家族だけで少しずつ食べた。芋あんのきんつばを売って、お客さんの反応を見てみたい気持ちはあったが、店が開けられないのでは仕方ない。

高世《たかせ》はちょうど、台湾に旅行に行く予定で、関西空港に丸一日閉じ込められてしまったらしい。

タンカーが、空港連絡橋に衝突したことで、空港からも出られなくなり、結局、高速船で神戸空港に渡って、そこから帰ったのだという。

空港の中は、食べ物も売り切れてしまっていて、乾パンとミネラルウォーターだけで一日過ごしたと聞いた。

程度の差はあれ、誰しも大変な時を過ごしていた。

ジュンさんからメッセージが届いたのは、台風から三日後だった。


綾乃さんの家は尼崎市《あまがさき》にあった。兵庫県だが、大阪駅から電車で十分くらいしかかからない。ベッドタウンとしても人気の街だと聞く。

昔はあまり治安のよくない街だと言われていたらしいが、駅を降りれば真新しい商業施設がいくつも立っていて、そんな雰囲気はほとんどない。

ジュンさんは綾乃さんの住所だけ、わたしに送ってきた。

「俺は店があるから」

そう言う彼に聞いてみた。

「お祖母さんのことが心配にならない？　綾乃さんにとって、嫌なことを聞くかもしれない」

「小梅ちゃんはそんなことせえへんような気がするなあ。ばあちゃんも、話を聞いて会いたいって言ってたし」

まだ三度しか会っていないのに、そんなに信用してくれるのは、どこか心苦しい。わたしは別にいい人間でもなんでもない。だが、ジュンさんとはいろんな話をした。台風の日は、一緒になって働いた。

わたしもジュンさんなら信用できる気がするから、彼も同じなのかもしれない。

つぐみはひどく緊張した顔をしている。

駅から七分ほど歩いた場所に、その古いマンションはあった。築四十年くらい経っているかもしれない。

オートロックにはなっておらず、エントランスは誰でも入れるが、清潔でよく管理されているのがわかる。タイルで抽象画のような模様が描かれた壁が、昭和っぽくて、ちょっと珍しい。

六階に上がり、聞いていた部屋番号のインターフォンを押す。

「はあい。鍵は開いているから入って」

年齢は感じるが華やかで明るい声が返ってくる。

わたしはつぐみと顔を見合わせてから、ドアノブをまわした。

鍵を約束の時間に合わせて開けておくのは、歩くのが大変だからだろう。祖母もときどきそうしている。

ドアを開けると、杖が靴箱に立てかけてあるのが目に入って、わたしは自分の予想が正しいことを知る。

綾乃さんらしき女性は、ソファに座ったまま、こちらを見ていた。

年齢は重ねているが、きれいな人だと思った。白髪をシニョンにまとめて、紫の小花柄のワンピースを着ている。きれいにお化粧もしている。

彼女はわたしたちを見て、顔をほころばせた。

「榊さんにそっくりね。お孫さん？」

「曾孫《ひまご》です」

そう言ってから、気づく。曾祖母は綾乃さんに会ったことがないと言っていた。綾乃さんは曾祖母を知っているのだろうか。

「榊さんを知っているんですか？」

わたしが尋ねる前につぐみが口を開いた。

「知ってますよ。お店にも何度か行ったし……禎文さんのお葬式にも顔を出して、お焼香《しょうこう》だけさせてもらいました。榊さんもうすうす気づいてたんじゃないかしら」

気づいていて知らないと言ったのか、それともあまりに遠い昔だから忘れてしまったのか。

わたしたちは、ソファの向かい側に座った。

「あの手紙、お返ししない方がよかったかとずっと心配していたの。でも、榊さんからの手紙はあれ一通だけだったから」

「いえ、それは別にいいんです。探してくださってありがとうございます」

そう言うと、綾乃さんはほっとした顔になった。

「手紙は読んだ？」

「読みました」

「言い訳するみたいですけど、あそこに書かれていたことを実行したわけじゃない。禎文さんが倒れたのは、偶然だった。証明できることではないですけどね」

「もちろん、そうだと思います」

わたしは頷いた。なにが真実かはわからないけれど、綾乃さんに曾祖父を殺す動機などない。曾祖母が援助をすると言っても、会ったことのない人の約束を信じる方が不自然だ。それに、もし実行したなら、わたしたちに手紙を見せようとは思わなかっただろう。

「だから、本当は援助をいただくべきではなかったのかもしれませんね」

綾乃さんは麦茶をわたしたちのグラスに注ぎながら、そうつぶやいた。

わたしは目を見開いた。つぐみも驚いているだろうと、隣を見たが、彼女は平然としている。

「待ってください。その……曾祖母は、綾乃さんに援助を……？」

そんなことははじめて聞いた。

問い返された綾乃さんの方がなぜか驚いた顔をしている。

「ご存じなかった……？　それを？」

「わたしは知りませんでした」

つぐみが麦茶を一口飲んで言う。

「わたしはなんとなく、気づいていた」

ふいに思い出した。祖母が言っていた。新しい店を出す予定が、詐欺師に騙されて、お金を失ってしまったのだと。もしかすると、あれは口実で、その資金を綾乃さんに渡したのかもしれない。

「本当は受け取るべきではない。そうも思いましたが、でも、受け取ってもいいのではとも思いました。すでに子供がいましたから。禎文さんが生きていれば、認知してもらう予定でした。でも、それは叶《かな》わなくなってしまった」

わたしは息を呑んだ。

ならば、榊さんがお金を渡す理由もわかる。それは彼女が当然受け取るべきお金だ。

「ひとりでやっていけるなら受け取らなかったかもしれない。でも、本当に助かりました。最初にまとまった額を振り込んでもらって、その後は、息子が十六歳になるまで十三年間。それがなかったら、店を続けることはできなかったかもしれない。息子も大学までやれなかった」

綾乃さんは乾いた笑みを浮かべた。

「榊さんは、あの手紙のことなどもう忘れていて、息子の養育費としてお金を送ってくれるのだと考えようとしました。でも、あの手紙がわたしを慰《なぐさ》めてくれたのも事実で、だから捨てられなかった」

「慰める……?」

「自分を恨んでるかもしれない人から、お金を受け取るのは、心苦しい。わたしにもプライドがありますから」

はっとした。あの手紙は、未必《みひつ》の故意による犯罪の教唆《きょうさ》でもあるが、一方で祖母と綾乃さんをつないだのかもしれない。ひとりの男を取り合った女ふたりから、共犯者へと。

「それが、わたしがあの手紙を捨てなかった理由です。榊さんの手紙と聞いて、だからあの手紙のことだと思いました。仏前に供えていただけて、榊さんの気持ちが晴れるなら、お返ししようと思いました」

それで、綾乃さんがあの手紙を送ってきた理由がわかった。

つぐみが口を開く。

「でも、あの手紙じゃなかったんです。曾祖母の……幽霊は、あの手紙にまったく興味を示さなかった。違う手紙を探しているんです」

綾乃さんは首を横に振った。

「だとしたら、わたしはまったくお役には立てませんね。あの手紙以外に、榊さんから手紙をもらったことはないですし、禎文さんの遺品は、すべてお返ししましたから」

つまりは振り出しに戻るということだ。


帰る前に綾乃さんに聞いてみた。

「つまり……ジュンさんとわたしたち、遠い親戚ってことですか？」

綾乃さんはにっこりと笑っただけだった。


つぐみは帰り道、ずっと黙っていた。

聞きたいことがないわけではない。なぜ、曾祖母が綾乃さんを援助していたことを知っていたのか。綾乃さんから送られてきた手紙を、わたしはつぐみに見せていないのに、彼女はその内容を知っていたのか。

身体を共有しているから、同じように記憶も共有することになるのか。

電車に乗ったとき、どこかに消えてしもうたんかなあ」

「やっぱり手紙、どこかに消えてしもうたんかなあ」

剝き出しの大阪弁。普段のつぐみなら、こんな話し方はしない。

たぶん、榊さんだ。

「もう探すのは無理じゃない？　他に心当たりがあるなら探すけど、いい加減につぐみを解放してやってよ」

「心当たりか……、ないなあ……」

「だったらもう諦めようよ。六十年もあれば、家だってなくなるし、大きな木だって枯れるよ」

一通の手紙がどこかに消えてしまったって、なんの不思議もない。

「せやなあ……」

彼女はしばらく黙っていた。

「まあ、あの人が読んでへんのやったら、それでええわ」

あの人というのは、綾乃さんだろうか。

「そろそろ帰るわ」

彼女がそう言った。今帰っているところではないか、と、言いかけて気づいた。

思わず呼びかけた。

「榊さん！」

つぐみはなぜか急に何度もまばたきをした。表情がいつもの彼女のものに戻っていく。

わたしは彼女の手をつかんだ。濃かった運命線が少しずつ細くなっていった。

「小梅、どうしたの？」

いつものつぐみの話し方だ。わたしは大きくためいきをついた。

「帰る前に、一回謝らせるんだった」

「なにを？」

「なんでもない」

あの人が素直に謝るとは思わないが、それでもわたしが怒っていることはちゃんと伝えたかった。

まあ、いつかお墓参りに行ったときに、心の中で伝えよう。


その日から、曾祖母が現れることはなかった。

ときどき、演技の上手いつぐみに担《かつ》がれたのではないかと思うが、それでは説明できないことが多すぎる。

前とは変わらない生活に戻ったけれど、わたしにはジュンさんという友達ができた。デーツあんの最中は、週に一回だけ販売している。少しずつ売り上げが増えてきて、そろそろ定番商品にするか、ネットで通販などもやってみるか、などと考えている。

春になって、つぐみが留学に行くまで、あと一ヶ月を切った。

わたしは五月のゴールデンウィークが終わったあと、二週間ほどカイロを訪ねることにした。

トルコ航空で行くから、途中、乗り継ぎを利用してトルコを観光することにした。はじめての一人旅で不安がないわけではないが、ひとりで留学するつぐみにくらべれば、たいしたことじゃない。

夏には韓国にもひとりで行ってみようと思っている。子供の頃、家族旅行で何度か行ったが、それっきりになっている。

期限の切れたパスポートを取り直したり、つぐみの買い物につきあったりしていた、ある日のことだった。

母が、古い針箱を持って、わたしの部屋にやってきた。

「お祖母ちゃんの針箱が見つかったけど、捨ててええ？」

「お祖母ちゃんって、ひいお祖母ちゃんの？　なんでわたしに聞くの？」

「あんた、お祖母ちゃんのレシピノートとか大事にしてるやん。だから興味があるかと思って」

木製の、引き出しがいくつもついた針箱だった。押し入れの匂いはするが、時代がかった佇《たたず》まいがなんだか可愛らしい。

「じゃあもらおうかな。捨てるのはいつでもできるし」

母は頷くと、針箱をわたしの部屋に置いて、階段を降りていった。

引き出しを開けると、まち針や、古い鋏などが入っている。中のものがまだ使えるかどうかわからないが、針箱そのものはお芝居の小道具などにもなりそうだ。

一番下の引き出しには、絵はがきが何枚も入っている。箱根《はこね》、札幌《さっぽろ》の時計台、湯《ゆ》の峰《みね》温泉、色あせた絵はがきを見ていると、封筒がぽとりと落ちた。

かさかさに乾いて、今にも崩れ落ちてしまいそうな和紙の封筒だった。封はしていない。一緒に入っている絵はがきの消印は明治になっている。つまり、曾祖母の若い頃のもので、封筒はそれに比べると、少しだけ新しいように見えた。

直感的に誰かがここに隠したのだ、と思った。

中を開けると、同じ和紙でできた便箋《びんせん》が出てきた。右肩上がりの文字には、あきらかに見覚えがあった。レシピノートや、綾乃さんへの手紙と同じ筆跡だ。

長いこと手紙など書いていませんでしたね。

あなたの返事がどうあれ、これが最後の手紙になると思います。

もう家でもあまり話をしなくなりました。子供たちも独り立ちして、わたしとあなたが夫婦でいる意味なんて、もうないのかもしれません。

あなたに女の人がいることも、もうずっと前から知っていますし、その人との間に男の子がいることも知っています。なぜ、わたしと離婚して、その人と結婚しないのか不思議に思うこともあります。

だから、もう一度だけ伝えたくて、この手紙を書きました。

もう一度、やり直しませんか。女の人とその子供には、できるだけのことをしてあげてもいいと思います。うちの子供たちはみんな学校も出て、結婚しているのだから。

そして、残り少ない老後を一緒に過ごしませんか。

出て行かないのだから、あなたも少しくらいはこの家で過ごす時間に愛着《あいちゃく》があるはずです。

その気がないというのなら、もうきっぱり離婚しましょう。あなたも多少は若い頃働いた年金がもらえるでしょうし、わたしは死ぬまで凍滝《いてたき》で働くつもりですから平気です。

繰り返しますが、これが最後の手紙です。

まどろっこしいことは嫌いだから、なるべく早く、お返事をいただきたく存じます。

禎文様

便箋の最後には、榊とあった。

誰がこの手紙を隠したのだろう。曾祖父だろうか。手紙を突き返す意味で、曾祖母の針箱に戻したのか。

もしくは、曾祖母がこの手紙を渡す前に、思いとどまって針箱にしまったのか。封をしていないのだから、その可能性が高いのではないだろうか。

長い時間が経つうち、手紙を本当に渡したのか、渡していないのか、わからなくなってしまったのかもしれない。ただ、手紙を書いた記憶と、返事をもらえなかった寂しさだけが、彼女の心に残り、いつまでもいつまでも漂《ただよ》い続けていたのかもしれない。

わたしはしばらく考える。この手紙を、榊さんが誰にも読ませたくなかったことはわかった。

恥ずかしかったからか。それとも、綾乃さんに罪悪感を植え付けてしまうからか。

もしかしたら、その両方かもしれない。

わたしは少し考えて、その手紙を破った。文字が読めないくらいびりびりにした後、くずかごに捨てる。

人を好きになるのは、底知れなくて、怖いことだと思った。

エピローグ

つぐみは見送りなどいらないと言った。

「え、でも、荷物多いでしょ。車出すよ」

そう言うと、少し考えて、

「まあ、そう言われればそうやね」

と答えた。

彼女が留学先に出発する朝、母はなんだか怒ったような顔をずっとしていた。寂しいのだということがわかる。別に一生会えないわけでもないし、インターネットを使えば顔を見て話をすることもできるのに。

たぶん、母親が見ている景色というのは、わたしたちに見えている景色とは違うのだ。

母は空港までは行かないと言った。やはり、母とつぐみは少し似ている気がした。

わたしはつぐみのスーツケースをふたつ、ミニバンの後部座席に積み込んだ。

つぐみは助手席に座って、シートベルトを締めた。わたしは車を動かした。バックミラーに泣きそうな顔をしている母が見えた。

「手を振ってあげなよ」

そう言うと、つぐみは少しめんどくさそうに振り返って手を振った。

「しょうがないなあ、もう……」

あれから、曾祖母は現れない。納得したのだろうか。それともどこかにまだふわふわと漂ってるのだろうか。

どちらも、大して変わらないような気がした。つぐみのことはきっと曾祖母が守ってくれる。少し頼りないけれども。

関西空港に行くためには、大阪を縦断《じゅうだん》しなければならない。

人がたくさんいて、騒がしくて、ごみごみしておせっかいな街。好きか嫌いかなんてわからないし、ときどき大嫌いになるけれど、出て行きたいと思わないのだから、それなりに好きなのだろう。

「不安？」

わたしは助手席で黙っているつぐみに聞いた。彼女はこちらを見ずに答えた。

「まあね。でもなんとかなるでしょ」

高速に乗ってしまえば、大阪の景色はあまり見えない。ぎらついたネオンで飾られたビルのてっぺんも早朝は、どこか手持ちぶさたにしているように見える。

しばらく走ると海が見えた。
台風で壊れてしまった関空への連絡橋も、もう元の姿に戻っている。
彼女と一緒にいられるのがあと少しだと思うと、急に寂しくなってきた。
わたしは言った。
「おはようおかえり」
つぐみはこちらを向いて笑った。

この物語はフィクションです。

初出
本書は月刊文庫『文蔵』二〇二〇年三月号～二〇二一年三月号に連載された作品を、加筆・修正したものです。

〈著者略歴〉
近藤史恵（こんどう　ふみえ）
1969年、大阪府生まれ。1993年に『凍える島』で第四回鮎川哲也賞を受賞し、作家としてデビュー。以後、歌舞伎に題材をとった作品から臨場感にあふれたスポーツミステリーまで幅広い作品を発表している。2008年には『サクリファイス』で第十回大藪春彦賞を受賞、また本屋大賞2位にも選ばれた。2021年5月に「ビストロ・パ・マル」シリーズが「シェフは名探偵」としてテレビ東京系列で連続ドラマ化。
主な著書に『タルト・タタンの夢』『ヴァン・ショーをあなたに』『震える教室』『インフルエンス』『あなたに贈る×《キス》』『昨日の海と彼女の記憶』『たまごの旅人』などがある。

おはようおかえり

2021年11月23日　第1版第1刷発行

著　者　近　藤　史　恵
発行者　永　田　貴　之
発行所　株式会社PHP研究所
東京本部　〒135-8137　江東区豊洲5-6-52
第三制作部　☎03-3520-9620（編集）
普及部　☎03-3520-9630（販売）
京都本部　〒601-8411　京都市南区西九条北ノ内町11
PHP INTERFACE　https://www.php.co.jp/
組　版　朝日メディアインターナショナル株式会社
印刷所
製本所　図書印刷株式会社

ISBN978-4-569-85068-9

PHP文芸文庫

昨日の海と彼女の記憶

近藤史恵 著

25年前、カメラマンの祖父とモデルを務めた祖母が心中した。高校生の光介がそこに感じた違和感とは。切なくてさわやかなミステリー。

PHP文芸文庫

あなたに謎と幸福を

ハートフル・ミステリー傑作選

宮部みゆき、近藤史恵、加納朋子、矢崎存美、
大崎　梢　著／細谷正充　編

いま人気の女性ミステリー作家によるハート・ウォーミングな短編を集めたアンソロジー。殺人がない、読後感がよい極上の作品が勢揃い。

PHPの本

赤と青とエスキース

青山美智子 著

一枚の「絵画」をめぐる、五つの「愛」の物語。彼らの想いが繋がる時、奇跡のような真実が現れる――。著者新境地の傑作連作短編集。

PHPの本

ディープフェイク

福田和代 著

それは私じゃない!? ディープフェイクで作られた偽りの動画が拡散され、追い詰められていく一人の教師の姿を描いたサスペンス小説！

PHPの本

月と日の后

冲方 丁 著

「わたしがこの子の母になる」——内向的な少女は、いかにして平安王朝の〝国母〟となったか。藤原彰子の生涯を描いた感動の歴史長編。

PHPの本

ガラスの海を渡る舟

寺地はるな 著

「みんな」と同じ事ができない兄と、何もかも平均的な妹。ガラス工房を営む二人の10年間の軌跡を描いた傑作長編。

PHPの本

幕間《まくあい》のモノローグ

長岡弘樹 著

ドラマや映画の撮影現場で起こる事件の謎を、ベテラン俳優が時に厳しく、時にやさしく解き明かしていく。著者渾身の連作ミステリー。

PHPの本

書店員と二つの罪

碧野 圭 著

殺人犯の「元少年」が出所して書いた告白本に秘められた恐るべき嘘とは。『書店ガール』の著者が、書店を舞台に描くミステリー。